£2-80

# BANANA YOSHIMOTO
# A proposito di lei

Traduzione di Giorgio Amitrano

Titolo dell'opera originale
彼女について
(*Kanojo ni tsuite*)

© 2008 by Banana Yoshimoto
Japanese original edition published by Bungeishunju Ltd.
Italian translation rights arranged with Banana Yoshimoto
through Zipango, s.l.

Traduzione dal giapponese di
GIORGIO AMITRANO

© Giangiacomo Feltrinelli Editore Milano
Prima edizione ne "I Narratori" novembre 2013
Prima edizione nell'"Universale Economica" giugno 2015

Stampa Grafiche Busti - VR

ISBN 978-88-07-88613-3

www.feltrinellieditore.it
Libri in uscita, interviste, reading,
commenti e percorsi di lettura.
Aggiornamenti quotidiani

# Avvertenza

Per la trascrizione dei nomi giapponesi è stato adottato il sistema Hepburn, secondo il quale le vocali sono pronunciate come in italiano e le consonanti come in inglese. Si noti inoltre che:

*ch* è un'affricata come la *c* nell'italiano *cesto*
*g* è sempre velare come in *gatto*
*h* è sempre aspirata
*j* è un'affricata come la *g* nell'italiano *gioco*
*s* è sorda come in *sasso*
*sh* è una fricativa come *sc* nell'italiano *scelta*
*w* va pronunciata come una *u* molto rapida
*y* è consonantica e si pronuncia come la *i* italiana.

Il segno diacritico sulle vocali ne indica l'allungamento.

Seguendo l'uso giapponese, il cognome precede sempre il nome (fa qui eccezione il nome dell'autrice).

Per il significato dei termini stranieri si rimanda al *Glossario* in fondo al volume.

A proposito di lei

Credo di avere incontrato per l'ultima volta Shōichi subito prima che tutti e due cominciassimo le elementari.

Era stato un giorno così bello da desiderare che durasse per sempre, quindi ricordo bene quello che accadde.

Era il periodo in cui a casa mia l'atmosfera cominciava a farsi cupa.

Quel giorno fu anche l'ultimo in cui vidi mia madre e la zia, mamma di Shōichi, che era sua gemella, comportarsi con la normale intimità che c'è fra sorelle. Loro due, quasi presentissero qualcosa, erano particolarmente di buon umore e ci guardavano giocare come se grazie a me e a Shōichi, entrambi figli unici, il mondo fosse splendido e non potessero desiderare nient'altro.

Mentre loro due chiacchieravano, io e lui ci divertivamo per conto nostro, mangiando gelati, preparando e bevendo il *calpis*. Nel giardino di Shōichi c'era un prato, e ricordo che vi stendemmo una stuoia e ci sedemmo lì a giocare alla casa. Sul fornello giocattolo mettemmo un pentolino di plastica con dentro carote e patate finte, poi facemmo una fila di palline di fango che per noi erano i dolci.

Anche se eravamo figli di due gemelle, io e Shōichi non ci assomigliavamo per niente. Forse avevamo preso dai rispettivi padri. Lui aveva occhi grandi e tondi, labbra ben definite e un naso pronunciato. Io avevo occhi sottili, sottile anche il viso, e un naso piccolo e tondo. Avevo sentito non so quante volte le nostre madri, una accanto all'altra con le loro facce identiche, commentare: Non si assomigliano per niente, non è strano?

Quando sono serena, ogni tanto mi torna all'improvviso in mente la luce trasparente di quel giorno.

Mia madre col tempo era ingrassata e aveva acquisito un'espressione cupa in viso, il suo corpo si era appesantito e aveva perso le forme. In confronto, la zia aveva una bella figura, sottile e ben delineata. Invidiavo Shōichi.

Come vorrei che fosse lei la mia mamma, pensavo. Shōichi, a differenza di me, vive in un mondo felice, è un amabile principino che continuerà in eterno, quando il tempo è bello, a godere ogni giorno come adesso della bellezza della luce che inonda il giardino. O almeno si trova in una posizione in cui gli è permesso credere che il mondo sia questo.

Io invece ero nello sconforto più totale. Le immagini che vedevo del mio futuro erano il fondo melmoso di uno stagno, formiche che si ammazzano fra loro, falene morte allo stato larvale... Essendo ancora una bambina, nella mente non avevo parole del genere, ma la sensazione che provavo era esattamente quella. Eppure, per quanto mi sforzassi di considerarlo odioso, Shōichi era talmente ingenuo, simpatico e dolce che non riuscivo a provare vera invidia nei suoi confronti. Magari riuscissi a odiarlo per invidia, pensavo. Almeno la mia tristezza troverebbe uno sfogo.

Ma ogni volta che Shōichi mi sorrideva, non potevo fare a meno di sentirmi felice.

E anche se dentro di me pensavo queste cose, io e lui eravamo tutti presi dal nostro gioco di preparare polpette e pancake di fango. La zia ci diede anche della *paper clay*, così noi, un po' dividendoci i compiti, un po' lavorando insieme, cominciammo a costruire un sacco di oggetti e a colorarli. Se fosse stato possibile, avrei voluto vivere anch'io in un ambiente come quello. Un mondo nel quale gli scoppi di rabbia irragionevoli e gli elementi di instabilità erano quasi inesistenti. Provavo una sensazione di felicità a stare lì con lui, in armonia, a costruire le cose con le mani, tutti concentrati in quel lavoro.

Quando alzavo gli occhi verso il cielo di un azzurro profondo provavo un'angoscia confusa presagendo ciò che da lì a poco mi sarebbero accaduto. Avevo già cominciato a rassegnarmi.

Vorrei stare qui per sempre, ma la vita non me lo permette. Anche se adesso sono così vicina a lui, e così felice, la mia vita prenderà un corso diverso da quella di Shōichi.

Proprio perché i nostri visi e le nostre spalle erano così vicini da sfiorarsi, quella sensazione diventava ancora più triste.

Sollevai lo sguardo. Le nuvole a pecorelle, riflettendo la luce, si stendevano ondeggiando all'infinito come creature viventi. Io pensai, anzi mi ripromisi, che nel vedere immagini come quella, anche in futuro, avrei sempre provato la stessa emozione, e che nessuno avrebbe potuto portarmi via una cosa così bella.

Avevo già cominciato anche a fare ragionamenti di questo tipo.

Shōichi, ormai un uomo, venne improvvisamente a trovarmi nel mio piccolo appartamento che si trovava in un edficio vecchio e malridotto, quando io ero appena tornata a Tōkyō dopo un lungo periodo di assenza. Era un pomeriggio di metà autunno.

Quel giorno, a causa dei postumi di una sbornia, non avevo mangiato niente, e aspettavo che mi passasse bevendo solo una gran quantità di caffè.

A forza di vivere sempre in attesa di qualcosa, non riesco

più a capire per quale ragione mi trovo qui. Sono arrivata fino a questo punto spinta dalla volontà di vivere, tentando di convincermi che mi sarebbe bastato, ma a volte mi capita di pensare che continuare così non sia molto diverso da un lento suicidio. Mi succede quando sento la stanchezza dei viaggi, quando, stesa da sola sul letto, anche solo respirare mi provoca un dolore al petto e tutto il mio corpo trema per la solitudine, o quando di colpo mi torna in mente la mia vita ai tempi in cui avevo ancora una famiglia.

Per fortuna il giorno prima della visita di Shōichi un mio vecchio boyfriend mi aveva dato dei soldi, grazie ai quali per qualche tempo avrei potuto vivere senza preoccupazioni, e questo, pur in quel terribile dopo-sbornia, mi trasmetteva una certa allegria. Quando ci eravamo incontrati, lui mi aveva chiesto come vivevo, e io gli avevo risposto che, fedele alle mie abitudini, ricorrevo spesso all'aiuto di amici. Lui allora si era offerto di darmi una mano e subito, davanti a me, aveva trasferito dei soldi sul mio conto. Poi eravamo andati a bere al locale di un amico comune, dove avevamo chiacchierato fino a notte fonda, e alla fine eravamo tornati a casa. Lui non ci aveva provato. A volte succede. Comunque, ogni volta che ci incontriamo lui mi regala dei soldi o mi invita a cena. Dico "regala", perché non vuole mai che glieli restituisca. Secondo lui, questo lo fa sentire vivo. Lui non crede affatto alle ragioni per cui non ho un lavoro fisso o vivo in disparte, cercando di passare inosservata. Pensa che sia un po' fuori di testa, e che in fondo sono pur sempre la figlia di una famiglia ricca. O forse pensa che sia ancora innamorata di lui, e si sente in colpa per non avermi sposato. Secondo me l'ottanta per cento degli uomini, qualunque sia la loro età, pensano che le donne che frequentano siano più o meno tutte innamorate di loro. Credo che se uno si convince di questo fatto, la vita debba apparirgli splendida. Anche se non quanto la mia che, nonostante le zone d'ombra e la difficoltà di vedere un futuro, è soffice e incredibilmente bella.

Non che rifiutassi l'idea di un impiego stabile, o non pensassi a sposarmi e ad avere dei figli. E neanche mi mancava un uomo con cui avevo avuto una storia abbastanza lunga da poterlo immaginare come partner. Però non riuscivo assolutamente a mettere in pratica un progetto del genere. Sentivo di dover fuggire dal passato della mia famiglia. Avevo veramente paura di coinvolgere qualcuno nella mia vita, e dubitavo che anche se lo avessi spiegato, sarei stata capita. Non è facile esprimere alle persone la sensazione di essere una specie di agente patogeno. Il solo mio esistere fa sì che ogni luogo si tinga sottilmente di un'ombra di morte, e in questo non vi è niente di buono, se non il fascino di aggiungere al rapporto tra uomo e donna una sfumatura cupa. Vivere così, dopo aver fallito in tante cose e senza alcuna capacità, in realtà è di una tristezza infinita.

E tuttavia ne vale la pena, pensavo.

Per esempio, quel giorno, il processo di rinascita dopo una sbornia terribile era di una bellezza paradisiaca. Non c'è niente di più bello che superare il picco del malessere. Guardando il cielo, si ha la sensazione che il semplice fatto di esistere sia felicità pura. In quel momento si riescono a vedere chiaramente persino gli spiragli più piccoli tra le nuvole lontane, normalmente invisibili. Ma sì, vivrò, voglio vivere, mi dico con tenacia. Voglio continuare a vedere cose belle come queste per un po' di tempo, penso. Anche questa è una sensazione che non è mutata per niente da quando ero bambina.

Mi resi subito conto che Shōichi, crescendo, era diventato una persona tutt'altro che banale.

Dal suo modo di presentarsi si intuiva che doveva essere un uomo rigoroso, uno che si osserva ogni giorno per non lasciare spazio, nel proprio modo di agire, a facili alibi o a gesti superflui. Bastava osservare il suo aspetto, scambiare qualche frase, perché questo apparisse evidente.

Stavo guardando fuori dalla finestra soprappensiero, quando tutt'a un tratto avevano bussato alla porta. Io avevo dato un'occhiata dallo spioncino per vedere chi fosse.

Ed era apparso Shōichi: bel fisico, sguardo penetrante, schiena dritta. Sembrava fosse lì da chissà quanto tempo. All'inizio non lo riconobbi, anche se ero sicura di averlo già visto da qualche parte.

Poi, attraverso la porta, disse:

"Sono Shōichi, il figlio di Atsuko".

Sorpresa, gli aprii subito.

A guardarlo bene, qualcosa del bambino di allora era rimasto. Gli occhi tondi e grandi erano gli stessi, e anche i capelli ribelli. Il fisico un po' massiccio. Le belle mani.

All'inizio lo guardai fisso con aria severa senza nemmeno sorridergli, ma lui non apparve affatto intimidito. Quella sicurezza mi ispirò fiducia. Buttai lì una risatina, e lui abbozzò un sorriso.

"Sono venuto perché ho pensato che magari potevo aiutarti," disse.

"Come ti è saltato in mente così di colpo? Quanti anni saranno passati? Decine, probabilmente," dissi io.

"Non avevo il tuo numero di telefono, e non ero sicuro nemmeno dell'indirizzo, per questo sono venuto senza avvisarti. Scusami. Ci tenevo a dirti che due mesi fa è morta mia madre," disse.

"Ah... mi dispiace. Ti faccio le mie condoglianze. Quindi sei venuto per comunicarmi questo," dissi.

Nonostante i nostri rapporti si fossero interrotti, nel pensare a mia zia, che era sempre stata buona con me, sentii una fitta al cuore. Sin da piccolo Shōichi aveva mostrato di avere un incredibile complesso materno. Anche se la mamma non era vicina, lui non si scomponeva minimamente. La madre per lui era un essere assoluto, una divinità, e riponeva fiducia totale nel suo amore, perché lei era presente in ogni luogo. È un mammone, pensavo io, ma pur essendo ancora piccola, mi rendevo conto che con una madre così era impossibile non esserlo.

Nella bontà di mia zia non c'era ombra di sentimentalismo: nasceva dalla maturità tipica delle persone che, dopo avere vissuto fino in fondo tutte le gioie e le amarezze della vita, acquistano una profonda comprensione delle cose e raggiungono la serenità. Da persona di valore qual era, non ostentava queste sue doti. Piuttosto, emanava da lei, anche quando non parlava, un oscuro carisma, come quello di chi, avendo avuto un passato da delinquente, sa che potrebbe tornare in qualsiasi momento a compiere azioni malvagie e spaventose, eppure sceglie di non farlo.

Il giorno del nostro ultimo incontro, quello in cui avevamo giocato alla casa, quando io e la mamma stavamo per andare via, la zia mi aveva chiamato dicendomi:
"Parlo a bassa voce, tu fai finta di niente".
Io, capendo solo che stava per dirmi qualcosa di importante, feci un piccolo cenno di assenso. Il suo viso aveva come sfondo un cielo al tramonto.
"Sto pensando, nel caso in cui un giorno tu dovessi trovarti in difficoltà, alla possibilità di prenderti a casa con noi. Non devi assolutamente dirlo a tua madre. Ma ci sto riflettendo sul serio. Non è una cosa facile, quindi è molto importante fare tutto con calma."
Poiché la luce arancione era abbagliante, non riuscivo a vedere bene il viso della zia. Ma intuendo la gravità delle sue parole, non riuscii a rispondere nulla. Non capivo perché parlasse così. Eppure mi resi conto che la zia, con la sua acuta sensibilità, aveva avuto il mio stesso cattivo presagio, anzi

lo aveva percepito con maggiore chiarezza. In quel momento eravamo in perfetta sintonia.

"Non dimenticarti mai quanto ti ho detto. E ricorda che, sia qui a casa mia che in un altro posto, è già tutto pronto per darti rifugio. Quindi, se dovesse succedere qualcosa, vieni subito. Nella bocca di questa statuetta c'è un pezzo di carta con indirizzo e numero di telefono."

Dette queste parole, mia zia mi porse una piccola statuetta di bronzo che rappresentava un mostro o una creatura fantastica, dalla strana forma simile a un *kappa*. L'avevo trovata quel giorno scavando in profondità nel giardino, ed ero subito corsa a portarla alla zia. La statuetta, piuttosto pesante, era coperta di ruggine, ma la zia, mentre parlava con la mamma, in poco tempo l'aveva lucidata e adesso era tutta pulita. Attraverso la bocca semiaperta si intravedeva effettivamente un pezzetto di carta. In quella statuetta era rimasto un po' del calore di mia zia. Me la strinsi al petto come qualcosa di prezioso, quindi la misi nella mia borsettina.

Naturalmente non dissi niente alla mamma. Quando lei mi domandò "Che cosa stavate dicendo poco fa?", sobbalzai ma risposi: "La zia mi ha dato un elefantino che avevo trovato nel giardino". Mia madre non mi chiese nemmeno di mostrarglielo, quindi, sollevata, continuai a custodirlo di nascosto.

Poco tempo dopo, la zia e la mamma troncarono definitivamente ogni rapporto. A quanto pare la zia aveva criticato mia madre per il fatto che faceva affari in modo disonesto, utilizzando la magia. Poiché grazie al potere di mia madre gli affari andavano a gonfie vele, tutti intorno a lei si guardavano bene dal criticarla. Mia zia probabilmente lo aveva fatto in modo blando, ma mia madre, che non era più abituata a sentirsi fare osservazioni, si adirò in modo spropositato, e le annunciò la sua decisione di rompere ogni rapporto con lei, inclusi quelli economici.

La zia, forse per proteggere Shōichi dall'ira di mia madre, non si fece più vedere, e anch'io non so bene perché alla fine non andai mai a rifugiarmi da lei.

"Prima di morire mia madre continuava a ripetere che di recente ti sognava spesso, Yumiko, e che sicuramente doveva essere successo qualcosa. Diceva di aver rotto i rapporti con sua sorella, ma era preoccupata di avere lasciato te, che hai una natura così bella, in quella palude. Mi ha detto: dato che io non posso più farlo, devi essere tu, con le tue forze, ad aiutarla. Sono state le sue ultime volontà," disse Shōichi.

"Avere a che fare con me non ti porterà nulla di buono," dissi io.

"Cosa mi porterà non lo so. Ma ho deciso di venire, e non me ne andrò così presto," disse lui, sedendosi in un angolo della stanza. Subito dopo il suo tono divenne più intimo. Come se avesse tutt'a un tratto deciso di abbandonare le formalità.

"Che ti aiutassi, è stata davvero l'ultima volontà di mia madre. Mi ha detto che non averlo potuto fare era l'unico rimpianto della sua vita, e che se non le avessi promesso di fare qualcosa per te non sarebbe morta in pace. Per questo, facendo ogni sforzo possibile e chiedendo notizie a varie persone, sono riuscito ad arrivare fin qui," disse Shōichi.

Grazie al cambiamento dei suoi modi, tornai indietro nel tempo. A quando impastavamo le palline di fango in giardino. Alla sensazione di quando giocavamo l'uno accanto all'altra, praticamente attaccati.

"È perché hai sempre avuto un inguaribile complesso materno," dissi io.

"Tutti gli uomini, se ci fai caso, soffrono di complesso materno," disse Shōichi. "E poi, dopo la morte di papà, la mia preoccupazione maggiore era quella di proteggere la mamma. Per un periodo abbastanza lungo ho vissuto aiutando lei e occupandomi di me da solo, ma dopo aver cominciato a lavorare, per mancanza di tempo ho lasciato a lei tutto il peso della casa. Per questo ho un po' di rimorso. Quindi, ora che ho tempo perché non mi devo più occupare di mia madre, vorrei fare quello che desiderava. Non pensare che per me esistesse solo mia madre, né che le stessi così appiccicato," disse Shōichi senza sorridere. "Inoltre mia madre – e probabilmente lo stesso discorso vale anche per la tua – era una persona dalla storia molto particolare, e quindi considero le sue ultime volontà con profondo rispetto. Ho pensato che se lei si era espressa così, le sue parole andavano prese sul serio. E ho avuto l'intuizione che, se non avessi sistemato questa faccenda, anche il mio futuro ne avrebbe risentito."

"Così di colpo, anche se non hai nessuna particolare voglia di aiutarmi? Anche se ti eri completamente dimenticato di me?" dissi, pensando che se lui parlava in modo tanto fermo e diretto, anch'io potevo esprimere con chiarezza la mia opinione.

"Ho capito che se mia madre si preoccupava per te, e ti voleva così bene, evidentemente lo meritavi. Ma volevo anche valutare per conto mio se sei una persona che ho voglia di aiutare al punto di sacrificare il mio tempo," disse Shōichi.

A questa sua dichiarazione così schietta, svanì ogni mio sospetto che la sua sincerità potesse nascere da qualche forma di stupidità o incapacità. Dice le cose giuste nell'ordine giusto, pensai con ammirazione. La sua franchezza non era quella di chi si esprime senza riflettere, ma arrivava diritta al punto.

"Per assistere mia madre fino alla fine, avevo preso sei mesi di congedo dal lavoro. Ma lei è morta molto prima di quanto immaginassi, e grazie alle ferie che mi avanzano, al lavoro fatto in precedenza e alla possibilità di inviare istruzioni via mail, posso restare ancora un po' a casa. Inizialmente avevo pensato di licenziarmi, ma poi sono riuscito a organizzarmi in modo da poter riprendere il lavoro in qualsiasi momento. Attualmente è come se fossi in viaggio all'estero, non ho bisogno di farmi vedere. E anche se perdessi il posto, un mio amico con cui ho rapporti di lavoro mi prenderebbe nel suo ristorante nel settore dei rifornimenti alimentari. Per tanti anni sono andato di persona a fare gli acquisti, e avendo sempre avuto rapporti diretti con i fornitori ho molti contatti, quindi qualcosa verrà fuori. Perciò posso aiutarti a risolvere i tuoi problemi senza preoccupazioni."

"Scusa, ma come fai a sapere se io ho dei problemi? E poi, se dici che vuoi aiutarmi fino a questo punto, nel mio cuore potrebbe aprirsi una piccola falla," dissi scoppiando a ridere. Mi era venuto spontaneo: mi sentivo ridicola a prendere seriamente in considerazione il suo discorso. "Abituata a stare in guardia, se acquisto un alleato potrei perdere le mie difese e ammalarmi. E se dovessi morire, tu che cosa faresti?"

"Ma come hai vissuto finora? Non sei mica andata avanti contando solo sulle tue forze, no? E poi non si muore così facilmente," disse Shōichi.

"Invece si muore facilmente, quando si muore."

Dopo avere detto questo, mi scappò un'altra risatina. Anche questa volta, ridere non era la reazione più appropriata, ma la mia risposta, che centrava così bene il bersaglio, mi era sembrata comica.

Shōichi, facendosi ancora più serio, disse:

"Be', certo. Tu sai bene che è facile morire. Scusa, non era questo che intendevo".

"Ora che mio padre non c'è più e che ho rotto ogni rapporto con i parenti, per quanto mi riguarda 'Konami' è solo un cognome. Per me i negozi Konamiya non hanno nessun significato. Non mi importa chi li gestisce e come, e se fanno affari: io non desidero ricavarne una quota," dissi sorridendo.

"E i soldi? Come fai a guadagnarti da vivere?" chiese Shōichi.

"Allora, quando avevo giusto l'età in cui si comincia a essere indipendenti, ho ricevuto una piccola eredità," dissi.

"Adesso ho un amico a Roma che ha una linea di abiti che vendono bene qui da noi. Dato che l'ho molto aiutato quando ha lanciato l'azienda, ho ottenuto la licenza per il Giappone e in seguito l'ho rivenduta a una grande società per un ottimo prezzo. È una somma con cui, se faccio un po' di economia, posso mantenermi per molto tempo. E poi ci sono un paio di anime pie che mi danno un po' di soldi e sono sempre disponibili a ospitarmi. Uno è un italiano, un mio vecchio boyfriend, più vecchio di me e single, che vive nei dintorni di Firenze. Se fosse necessario, potrei sempre andare a stare da lui. Il nostro rapporto dura da troppo tempo, e così né io né lui vogliamo sentirci legati. Per questo non ci siamo sposati e io faccio avanti e indietro tra Italia e Giappone."

Dissi le cose come stavano, senza mentire su nulla. Volendo, avrei potuto mantenere tutto nel vago, ma sentivo che non sarebbe stato giusto. Essere sincera era l'unica cosa che da parte mia potevo fare in segno di gratitudine per l'offerta di aiuto della zia, che fino all'ultimo si era preoccupata per me.

"Insomma, questo significa che non ho modo di poterti aiutare," disse Shōichi.

"Esatto," dissi io ridendo.

"Mi sembra strano, però. Allora perché vivi come se fossi in fuga? Trovarti è stato difficile. I parenti dicevano che eri scomparsa, nessuno voleva darmi informazioni più precise e molti non rispondevano nemmeno alle mie telefonate. È ancora a causa di quello che è successo? Forse temono che rievocare lo scandalo possa danneggiare gli affari?" disse Shōichi.

"Non mi fa bene parlare di questo argomento. Dopo, dal fondo del petto mi sale pian piano una specie di grumo di fango, comincio a sentirmi male e finisce che devo mettermi a letto per diversi giorni," dissi io.

"Ha a che fare con quello che mia madre ha detto alla fine?" disse Shōichi.

"Perché?" chiesi. "Che cosa ha detto la zia?"

La luce a poco a poco aveva preso la tinta della sera. I colori intorno erano diventati più trasparenti, e tutt'a un tratto stare insieme a un'altra persona cominciava a darmi fastidio. Shōichi tirò fuori dallo zaino un piccolo registratore e premette il tasto "play".

"Che cosa fai?" chiesi.

Ero stata colta alla sprovvista.

"Anche questa è una cosa che mi ha chiesto lei," disse Shōichi.

Dal piccolo registratore fuoriuscì la cara voce della zia.

Sebbene mi aspettassi di sentirla, ne fui turbata: era pur sempre la voce di una persona morta, e non potei fare a meno di provare un po' di tristezza. Ebbi la sensazione che tutto davanti a me si oscurasse e che il mondo fosse indietreggiato di un passo. Anche se la voce arrivava indebolita e fievole, la figura decisa di mia zia emerse comunque.

"Yumiko, come stai? È un vero peccato non poterti più rivedere. Non averti preso a vivere con me è una cosa di cui oggi mi pento enormemente. Credo che quando tua madre è morta tu sia stata ipnotizzata e che ti abbiano portato via tutto. Indipendentemente dal fatto che tu voglia o no riacquistare tutto quello che ti è stato tolto, il fatto di essere stata ipnotizzata equivale ad aver ricevuto una maledizione.

"Poiché provo pena per te, vorrei a tutti i costi liberartene. Tuo padre era troppo mite, ma era un bravissimo uomo, e quando tu eri piccola non c'erano ancora tanti problemi, quindi non penso che tu sia una persona sfortunata. Tuttavia, sicuramente hai dimenticato qualcosa di importante, e credo che sia per questo che ti ritrovi a vagare. Sei una donna forte, perciò penso che tu riesca lo stesso a cavartela e ad affrontare tutto con spirito positivo. Ma se desiderassi tornare a come eri da bambina, prima che tante cose accadessero, vorrei che ti lasciassi aiutare da Shōichi.

"Perché per quanto uno possa essere forte, liberarsi di una maledizione ricevuta dai genitori è un'impresa talmente difficile che quasi nessuno ci riesce. In ogni caso sono certa che spesso ti assale una paura inspiegabile. Questa deriva dall'angoscia di non essere legata alla terra. Forse a volte cerchi perfino di farti del male. Dopo aver troncato i rapporti con tua madre, pur sapendo come stavano le cose, ho lasciato correre. Il progetto di prenderti con me, in confronto a ciò che è realmente accaduto, era troppo superficiale e debole. Perciò, se non altro, l'unica cosa che posso fare è restituirti la tua anima.

"Ormai non ho più la forza per venirti a trovare, ma se Shōichi, che ha un legame molto forte con me, venisse da te e riuscisse a liberarti da questa maledizione, io la bloccherò in modo che non possa mai più tornare. Questa è l'unica cosa che io, che non sono stata capace di salvarti, posso fare. Forse è un'ingerenza, ma ti prego, pensaci, e se vorrai accetta questa proposta."

Nell'ascoltare le sue parole provai un brivido, in vari sensi, e pensai: ma che cosa sta dicendo?

Però, sforzandomi di non lasciarlo trapelare dal viso, dissi:

"Mi sembra un discorso davvero contorto, e francamente anche troppo pesante. A parte il fatto che non capisco nemmeno bene che voglia dire. Scusami. Ma non è che la zia prima di morire fosse un po' confusa?"

"Però nei tuoi occhi si legge che almeno una parte di te ha capito fin troppo bene," disse Shōichi con un sorriso disarmante.

Provai a riflettere meglio. Ma cosa vogliono da me questi due? mi chiesi. Soprattutto non capivo che cosa significasse l'improvvisa apparizione di quelle due persone (una delle quali morta) dopo tanto tempo, decise a occuparsi di me con tanta convinzione. Mi sembrava che volessero mettere sottosopra la mia vita, e questo mi innervosiva.

"Guarda che io sono soddisfatta della mia vita di adesso. Anche perché alla fine le cose che ho perso sono solo quella casa e gli eventuali diritti sul Konamiya, tutta roba che non mi interessa," dissi. "Posso farti una domanda? Con quale lavoro *tu* ti guadagni da vivere? Prima hai accennato qualcosa, ma se ho capito bene hai fondato una s.r.l. simile al Konamiya con cui vendi prodotti alimentari importati?"

"Io? Come ti ho detto, al momento, avendo dovuto assistere mia madre fino a poco fa, non sto facendo niente. Ricorderai che a mia madre era stata affidata la gestione di una filiale del Konamiya che i tuoi genitori avevano ampliato. Pare che quando mia madre ha interrotto i rapporti con la tua, abbiano trasferito la gestione a qualcun altro. Comunque sia, ha cominciato a lavorare altrove, in un piccolo negozio di prodotti alimentari importati, che è andato piuttosto bene. Anche il settore di vendite che ho gestito io via internet ha avuto fortuna, e pure l'importazione di caffè a coltivazione biologica, in cooperazione con le piantagioni in Ecuador, riscuote un certo successo."

"Questa è concorrenza sleale. Mia madre e i parenti ne erano al corrente?" dissi.

"Non so, ma ricordati che mia madre non aveva più nessun contatto con voialtri, poi i tuoi sono morti, con i tuoi zii a quanto ho capito non c'erano mai stati grandi rapporti, e ancor meno con il ramo principale dei Konami, e credo che sapessero vagamente qualcosa. D'altronde, non so se tu lo sai o no, ma da prima mio padre possedeva un'azienda di gastronomia di stile occidentale, cliente del Konamiya, e lui chiese a mia madre di dirigerne il negozio. Dopo la morte di papà, l'azienda fece in modo che mia madre continuasse a occuparsene fino a che io non fossi stato abbastanza grande da subentrare nella direzione. Perciò il nostro negozio, almeno per quanto riguarda il reparto delikatessen, è molto più forte del Konamiya. Adesso c'è anche un bancone per le persone che vogliono mangiare nel negozio, e vendiamo prodotti alimentari d'importazione," disse Shōichi.

"Dato che avete sempre lavorato, sia tu che la zia siete persone solide e realistiche. Ma mi sembra di capire che il vostro negozio sia rivale del Konamiya, giusto?" dissi io.

"Se ti riferisci ai rapporti personali, non c'è niente di cui preoccuparsi: di quelli in grado di ricordare che il nostro piccolo negozio all'inizio avesse avuto a che fare con il Konamiya, probabilmente non c'è più nessuno. E poi i nostri clienti sono soprattutto gente del posto. Anche se abbiamo comprato il terreno adiacente e costruito un parcheggio, il nostro rimane solo un negozio. È una società a responsabilità limitata, ma non dispone di grandi mezzi," disse

"Mi ricordo che tuo padre era un bell'uomo, vero? Anche se l'ho visto solo una volta."

"Sì, in effetti sì. Aveva un bel fisico, e piaceva alle donne. Ma era più serio di quanto il suo aspetto facesse credere," disse Shōichi. "Chissà, siccome è morto quando io ero al liceo, può darsi che lo abbia idealizzato, ma era una persona amabile, che ci teneva molto alle famiglia."

"Ho capito... ma tu, Shōichi, credi alle maledizioni?" chiesi.

"No, per niente," rispose. "Mia madre credeva fortemente in queste cose, io le trovo incomprensibili."

"Anch'io ovviamente non ci credo," dissi. "Ma è anche vero che avendo visto e sentito cose terribili non le ho mai dimenticate e non sono riuscita a liberarmene del tutto. Penso che sia questo che intendesse la zia dicendo che ero stata ipnotizzata. Dopo quell'episodio, per molto tempo non sono riuscita a muovermi come volevo, e provavo una strana sensazione di ansia, come quando si corre in sogno. Questo è vero."

"Che un avvenimento sconvolgente abbia un'influenza sulle persone, naturalmente lo capisco. E quando a qualcuno succede una cosa del genere, è fatale che la sua vita cambi.

Perché a quel tempo non sei venuta a chiedere aiuto a noi? Mia madre avrebbe fatto qualsiasi cosa per te," disse Shōichi.

Già, perché non ero andata subito a casa della zia, che avrebbe dovuto essere il primo posto a cui pensare? mi chiesi, ma i ricordi erano così confusi che non trovai risposta.

A quel punto mi accorsi che non avevo ancora offerto niente a Shōichi.

Per l'ennesima volta quel giorno, riempii la macchinetta del caffè. Subito l'acqua si mise a gorgogliare, facendo tremare il silenzio dell'appartamento. Il profumo del caffè si diffuse nell'aria e anche la tensione di quell'incontro inaspettato cominciò a sciogliersi insieme al vapore. Fuori aveva cominciato a scendere la sera.

"Senti, che ne dici se vengo a casa tua? Mi piacerebbe," dissi bevendo il caffè. "Se non altro sarà più grande di qui, ci saranno più stanze e un bagno con la vasca, vero?"

"Certo, ma è a Nasu," disse Shōichi. "Ehi, usi un ottimo caffè. È davvero buono."

"Veniamo tutti e due da famiglie che davano importanza al gusto del caffè. Se il caffè è cattivo lo capisci dall'odore già al momento in cui carichi la macchinetta, no? Questi sono i grani di caffè del migliore bar della zona. Poiché non ho il macinino a casa, me lo faccio macinare da loro e poi cerco di consumarlo il più presto possibile: il segreto è questo. Appena arrivo a Tōkyō, la prima cosa che faccio è andare in quel bar e comprare il caffè. A proposito, sei venuto in macchina?" chiesi.

"Sì. Allora, stavi dicendo che verrai a casa mia. Certo che puoi. Davvero ci verresti?"

"Sì, però vorrei che mi ci portassi in macchina. Ho voglia di fare un viaggio in auto," dissi. "Ehi, la cosa comincia a farsi divertente."

"Bene, mi fa piacere," disse Shōichi.

Se Shōichi pensa che per tirarmi fuori qualcosa, in modo

da esaudire le ultime volontà della zia e mettersi a posto con la coscienza, gli basti venire a casa mia e offrirmi una cena, si sbaglia. Quindi a questo punto è meglio approfittarne, pensai. Davvero cominciavo a divertirmi. E così infilai in un borsone i vestiti per alcuni giorni.

Shōichi beveva il caffè in silenzio. Fuori si faceva sempre più scuro, e sembrava che il buio dovesse entrare nella casa insieme all'aria fredda. La luna si stagliava con la sua luce trasparente sullo sfondo scuro e lucido del cielo.

"Posso portare anche un po' di musica che mi piace? Hai quel cavo per sentire la musica dalla radio collegandola all'iPod?" chiesi.

"Sì che ce l'ho," sorrise Shōichi.

"Ma tu non hai una fidanzata?" domandai. "Sicuro che non ci sono problemi se vengo a casa con te? Non hai nessuno che ti aspetta?"

"Ce l'avevo, ma nel periodo in cui assistevo mia madre mi ha lasciato," disse Shōichi.

"Ah sì? Se è così, allora forse è stato meglio perderla," dissi, provando un po' di tenerezza per lui. A me sembrava che non potesse esserci niente di più prezioso del fatto che Shōichi, amato dalla zia più di ogni altro, condividesse con una persona straordinaria come lei l'ultimo tempo che le restava da vivere.

"Assistere mia madre fondamentalmente significava solo stare nello stesso posto con lei," mormorò Shōichi. "Passare il tempo insieme senza fare niente. Per questo non potevo dare la priorità ad altre persone, né avevo voglia di giustificarmi. All'inizio anche la mia ragazza veniva spesso in ospedale, l'atmosfera non era affatto male, e non è che a me non importasse di lei."

"Al suo posto, in quel periodo avrei fatto un bel viaggio, magari in Italia, a rifornirmi di energia anche per il mio ragazzo che nel frattempo doveva essersi indebolito," sorrisi.

"Ti è facile dirlo perché non mi ami," disse
Sarà anche vero, ma che noia! Che persona rigida, opprimente, pensai.

La sensazione di entusiasmo che avevo provato per un momento si spense subito.

Tuttavia, poiché il fatto di avere una destinazione e di poter fare un viaggio in macchina mi faceva comunque piacere, lasciai il mio appartamento di buon umore.

Arrivederci, casa, pensai chiudendo la porta. Non sapevo quando sarei tornata. I momenti in cui provo questa sensazione di non avere futuro, accompagnata dalla malinconia e da un brivido leggero, sono quelli che gusto di più.

Ho sempre voglia di prendere un aereo, o salire su un'auto o su un treno. Non devo più preoccuparmi di nulla, e posso dimenticarmi della mia vita senza scopo.

Mi piace solo il momento in cui comincio a spostarmi. Quando mi avvicino a destinazione, mi prende un po' di depressione. Devo di nuovo scendere sulla terra e immergermi nel suo tempo. Lì gli umori di tante persone girano in un vortice, io ne sono a poco a poco catturata, ricevo qualcosa e qualcosa mi viene sottratto. E poiché capisco che vivere significa proprio questo, lo trovo insopportabile.

E tuttavia, stare con mio cugino era meglio che stare con altre persone. Al di là del tempo realmente trascorso insieme, dentro di noi si sovrapponevano strati appartenenti a un tempo diverso e a un nostro comune patrimonio genetico, e che ogni tanto affioravano anche nel nostro linguaggio del corpo. Avevo la sensazione che in una parte profonda e buia dentro di me suonasse la sua stessa melodia.

Prendemmo l'autostrada e a un certo punto ci fermammo nell'area di servizio di Sano dove mangiammo dei *ramen*. C'era tanta gente.

Chissà che vita faranno tutte queste persone, chissà da dove vengono e dove andranno, pensai.

Tutti allo stesso modo illuminati dalle lampade al neon, grandi e bambini, pallidi, concentrati sui *ramen*. Non sembrava proprio che quelle persone avessero una vita dalla forma bene definita. Avevo l'impressione che tutti si dimenassero come zombi, me inclusa. Gente che incrociavo solo per una volta e non avrei più incontrato per il resto della vita. In fondo era un luogo di transito come un aeroporto, ma l'atmosfera era molto più pesante. A pensarci era strano, ma forse dipendeva dal fatto che lì le persone non partivano levandosi in aria, ma strisciando lungo la superficie della terra.

In contrasto con questo vacuo pensiero, appena misi qualcosa nello stomaco, il mio corpo si riscaldò. Bene, mi sono ripresa, pensai.

Dato che mi sentivo meglio, decisi di dare il cambio a Shōichi alla guida. All'inizio, non essendo abituata a guidare la sua macchina, rimasi in silenzio per non distrarmi, ma una volta presa confidenza, quando mi girai verso Shōichi per parlare con lui, mi accorsi che dormiva profondamente.

Mi dava una strana sensazione avere accanto a me il viso addormentato di mio cugino dalle lunghe ciglia, di quell'uomo che aveva vissuto una vita di cui non conoscevo quasi nulla, ma che immaginavo molto più reale della mia, tutta fatta di impegni pratici. Avevo l'impressione che stessimo viaggiando così, insieme, da tempo immemorabile. Il suo pullover aveva l'odore della loro casa. Non ricordavo l'arredamento, ma l'odore era quello. Così carico di nostalgia da darmi la voglia di affondarvi il naso per annusarlo a fondo. Mi sembrava perfino che, seguendo quell'odore, avrei potuto risalire indietro negli anni. Vorrei ritornare, pensai dopo tanto tempo, intensamente, nel giardino della zia, in quel giorno.

Usciti allo svincolo di Nasu Shiobara, l'aria si fece di colpo più tersa, mescolata a un profumo di erba fresca. Si vedevano diverse stelle, e la temperatura sembrava essersi abbassata di alcuni gradi. Spensi la musica, aprii il finestrino e respirai quell'aria pulita. Avevo la sensazione che anche i polmoni si fossero purificati e raffreddati.

"Siamo già usciti dall'autostrada? Allora adesso dobbiamo continuare diritto per un po'," disse Shōichi.

"Scusami. Forse aprendo il finestrino, l'aria fredda ti ha svegliato? Stai tranquillo, seguo il navigatore," dissi. "Continua pure a dormire."

"Mi sembra di avere dormito molto, molto profondamente, come non mi capitava da tempo. Ma va bene così. Adesso sono perfettamente sveglio," disse Shōichi. "Ormai ho il sonno leggero. Assistendo mia madre, ho preso l'abitudine di non addormentarmi pesantemente, per paura di non sentirla se fosse stata male. Gli ultimi tempi dormivo tenendole il braccio, in modo che anche se ero addormentato potessi accorgermi se succedeva qualcosa. A differenza di quando si assiste una persona che va verso la guarigione, aspettare dei cambiamenti in previsione dell'addio è un'esperienza molto triste."

"Deve essere stata dura per te che sei maschio, e figlio unico, assisterla tutti i giorni," dissi.

"Una zia e una nipote da parte di mio padre, che hanno lavorato a lungo al negozio, di giorno mi aiutavano facendo i turni con mia madre."

"Il negozio sta andando bene?" chiesi.

"Normale. È abbastanza stabile," disse Shōichi. "Riflette le caratteristiche del luogo. Siccome ci sono molte persone con ville, fa più affari in primavera, in estate e nei weekend."

"Tutto nella media, quindi. Mi tranquillizza saperlo," dissi.

"Il periodo in cui c'erano i tuoi è stato un'eccezione," disse Shōichi.

Quando ero piccola, il Konamiya, alla cui gestione i miei genitori erano subentrati, aveva un tale successo che non si parlava d'altro.

Il negozio era circondato da un entusiasmo inspiegabile, si apriva una filiale dopo l'altra e non appena il clamore diminuiva, spuntava qualche nuova trovata, dai cioccolatini in bottiglia ai *ramen* thailandesi. Niente di straordinario, ma ogni prodotto, magari perché coincideva con qualche moda del momento, diventava un successo.

Inoltre, il fatto che ciò dipendesse dai poteri occulti e dalla capacità di veggente di mia madre era un segreto di pubblico dominio, ma anche questa fama contribuiva alla popolarità del marchio.

Io vivevo in un palazzo occidentale un po' stile "nuovi ricchi", con molte stanze, un grande salone, l'alloggio per la cameriera, ed ero vestita come una bambola. La sera cenavamo a un lungo tavolo con al centro un vassoio d'argento su cui era disposta la frutta. Mangiavamo i piatti preparati da una cuoca. La famiglia era composta da me, figlia unica, il babbo, la mamma, mio zio, fratello minore della mamma, e sua moglie. Poiché gli zii non avevano figli, ero l'unica bambina della casa e, non capendo niente dei loro discorsi di lavoro, non vedevo l'ora che la cena finisse per giocare insieme alla cameriera.

"Non era per niente una cosa buona," dissi. "Per quanto mia madre fosse entrata nella famiglia Konami provenendo da una discreta posizione sociale, mah, forse è brutto dirlo, ma ha imbrogliato mio padre, impadronendosi del negozio insieme a suo fratello. Ciò detto, un nuovo ricco rimane sempre un nuovo ricco. Che anche in seguito il Konamiya sia andato bene non mi sorprende, ma non credo che nessuno ci abbia guadagnato tanto come accadeva in quel periodo."

"Sono stato da voi solo una volta, per la festa di inaugurazione, ma ero molto piccolo e non ricordo quasi nulla, se non che la casa era grandissima. Si rischiava di perdersi," disse Shōichi. "Adesso è ancora abbandonata e in rovina? O è stata trasformata in un negozio, una fabbrica o un deposito?"

"Sai, è una casa in cui c'è stato un omicidio, quindi penso che per un certo tempo non si sia fatto avanti nessuno," dissi io. "Ma a un certo punto ci faranno qualcosa, magari una fabbrica, chissà. Anzi, può anche darsi che l'abbiano già fatto. Se la zona non è cambiata, è lontana dalla stazione del metrò, e non è abbastanza frequentata per aprirci un negozio. In ogni caso, ormai è un problema che non mi riguarda."

"Scusami, avrei dovuto essere io a farti le condoglianze per primo, dato che era la prima volta che ci rivedevamo dopo tanto tempo. Sono così preso dalla morte di mia madre che non ho detto nemmeno una parola sui tuoi genitori che non ci sono più," disse Shōichi.

"Non importa, ormai sono tutte cose passate," dissi.

Dovevamo essere vicini alla destinazione, perché il navigatore indicava un punto leggermente rientrato rispetto alla strada nazionale. Notai che il rumore del vento tra gli alberi si faceva sempre più forte.

Seguendo il navigatore, svoltai in una buia strada residenziale con poche ville.

"È quella verde, la seconda lì in fondo," disse Shōichi.

Si intravedeva appena un muro verde scuro, illuminato dalla luce del cancello.

"Nel parcheggio c'è un'auto, posso metterla davanti a quella?" chiesi.

"Va bene, in realtà la mia macchina dovrebbe stare in un altro posto, ma posso spostarla dopo," disse Shōichi.

Da questo tipo di osservazioni si intuiva lo spessore della sua educazione. Si capiva che sua madre lo aveva allevato con cura. Ogni volta avevo l'impressione che, a me che non possedevo niente di simile, la terra sotto i piedi diventasse più fragile.

Fermai l'auto e scesi. Erano spuntate così tante stelle che

le luci si confondevano, e io, sebbene in quel momento non fossi agitata da alcuna emozione particolare, sentii i miei occhi riempirsi di lacrime, in armonia con quella visione sfocata. È strano, era come se i miei occhi fossero risucchiati dalla luce delle stelle, non saprei come meglio definire quella sensazione.

"L'aria è pulita, e ha un profumo di bosco, o di erba secca," dissi.

"È quello che penso ogni volta che scendo dalla macchina quando arrivo da Tōkyō," disse Shōichi.

Il mio corpo fu pervaso da un tremito, per la commozione di essere avvolto da qualcosa di bello.

Fino al giorno prima ero in un angolo di città con tante file di taxi e gente in strada perfino di notte, e adesso tutt'a un tratto mi trovavo in un posto del genere. Sembrava che il mio corpo cercasse, con gioia, di accogliere questa sensazione. Solo il mio corpo è il mio vero amico, è questo che penso. Mi segue sempre, e dovunque.

Illuminato dalla lampada dell'ingresso, Shōichi aprì con la chiave la porta, entrò, accese la luce e disse: "Prego, accomodati".

Entrai timidamente in quella casa piena di ricordi chiedendo: "Permesso?".

La casa era più o meno uguale a tanti anni prima, non si notava l'usura del tempo. Era pulitissima, come se la zia avesse curato ogni suo angolo. Anche adesso si sentiva la sua presenza dappertutto. Nonostante ci fossero pochi oggetti, e quasi nessuna decorazione, non appariva spoglia. Com'era diversa la zia dalla mamma, pensai. Delle persone morte è facile dire solo il bene, o tutto il male, e confrontare le differenze fra loro due idealizzando troppo la zia non avrebbe avuto senso, ma se ci si chiedeva come mai la zia avesse rinunciato con tanta facilità a una grande azienda come il Konamiya, le risposte erano tutte in quella casa dallo stile così semplice e gradevole.

Pensai che la zia aveva costruito la sua vita e la sua casa con un obiettivo ben preciso, ma lo aveva fatto controllando la stessa forza oscura che possedeva la mamma. Perché la zia non poteva essere l'unico angelo delle due, essendo la gemella di mia madre e avendo come lei alle spalle una storia molto pesante.

"Da quando mia madre è morta ho trascurato un po' le pulizie, scusami. E mi raccomando, fai come fossi a casa tua," disse Shōichi.

Posai il borsone su un divano e chiesi:

"Dov'è l'altare buddista?".

"Non c'è. Sai, lei non era religiosa. Diceva di rifiutare fermamente ogni forma di fede," disse sorridendo.

"Non c'è un posto dove posso salutare la zia?" chiesi.

"Nella sua stanza ho costruito una specie di altarino con una foto e dei fiori. Vuoi vederlo?" disse Shōichi.

"Più che vederlo, vorrei dire una piccola preghiera," dissi.

Seguii Shōichi in una stanza in fondo alla casa: lì, su un mobile accanto al letto bene ordinato c'erano una foto della zia, il viso sereno più segnato rispetto a come lo ricordavo, e dei bei fiori. C'era anche dell'acqua, una candela dalla forma elegante, una collana e un anello di smeraldi che la zia portava sempre al dito.

"Ho seguito le sue indicazioni," spiegò Shōichi.

"Anche se era uscita da una scuola di streghe, non ci sono capre né stelle rovesciate né candele con strani disegni," dissi io, colpita.

Nella casa dove ero cresciuta, di oggetti del genere ce n'erano molti.

"Tu hai visto troppi film! Le cosiddette scuole di streghe sono luoghi dove si pratica la magia bianca, quindi quelle cose spaventose non c'entrano per niente. Mi vergogno un po' a dirlo, ma ci sono una specie di bastone con attaccato un cristallo e uno strumento per la radioestesia."

Nel pronunciare queste parole, con un tono davvero imbarazzato, indicò un angolo dell'altare.

Lì erano allineati alcuni begli strumenti, fatti con splendide pietre che non avevo mai visto. Non potei trattenermi dal ridere.

"Scusa se rido. Ma il modo in cui ti sei espresso era troppo comico. Hai molto senso dell'humour."

Mi inginocchiai e a mani giunte bisbigliai: Grazie, zia, di esserti così preoccupata per me. L'immagine del suo viso sorridente affiorò luminosa per un istante nel mio cuore, quindi scomparve.

Poi tornammo nel soggiorno, ma io mi sentivo un po' più malinconica di prima. Anche da qui sono passate tante cose, pensai.

"Avresti qualcosa da bere? Per esempio una birra? Mi è venuta una gran sete."

"Guarda tu stessa nel frigo e scegli quello che preferisci," disse Shōichi.

"Tu cosa bevi?" chiesi.

"Stavo per fare del tè verde. Tu non ne vuoi?"

"Sì, prendo anche quello," dissi.

"Strana combinazione. Il tuo stomaco non protesterà?"

Mentre lui diceva così ridendo, riempì il bricco d'acqua.

Il rumore dell'acqua ravvivò l'aria della stanza. Capii che con il diffondersi del rumore della vita quotidiana in quello spazio deserto, l'atmosfera nella casa si distendeva. Aprii il frigorifero. Tirai fuori una delle lattine ordinatamente allineate, presi dalla credenza un bicchiere che non sembrasse evocare troppi ricordi, versai la birra e bevvi. Nel riempirmi di quella bevanda fredda, ebbi la sensazione, come quando avevo aspirato l'aria di fuori, che i miei organi interni, stanchi per essere stati sballottati durante il viaggio in auto, si rinfrescassero.

"Ci sono dei pigiami di mia madre, vuoi che te ne presti uno? Sono lavati, ma forse ti dà fastidio lo stesso?"

Sono stata io ad autoinvitarmi qui, eppure mi usa tutte queste gentilezze, pensai stupida.

"Non mi darebbe fastidio per niente, solo che non posso accettare in prestito una cosa così preziosa," dissi.

"No, assolutamente," disse Shōichi. "Le farebbe piacere, ne sono certo. Mia madre provava sentimenti complicati nei confronti della tua, ma a te voleva bene e basta."

"Queste sono le cose che pensano, sbagliando, gli uomini," dissi io. "Secondo me a nessuno farebbe piacere sapere che dopo la sua morte qualcuno, anche se amato, indossa il suo pigiama."

"Dici? A me di cosa succede dopo la mia morte non importerebbe nulla. E poi ha lasciato scritto chiaramente cosa non vuole che si faccia," disse Shōichi.

"Se hai una tuta da prestarmi, andrà benissimo. Stanotte posso dormire su questo divano?" chiesi, sedendo su un divano di pelle dall'aspetto confortevole.

"No, c'è la stanza che usava mio padre e che adesso è diventata la camera degli ospiti. Dormirai lì. Dopo vengo solo a togliere un po' di polvere e cambiare l'aria," disse Shōichi.

"Almeno questo lo posso fare io. Grazie," dissi.

Avevo steso i piedi, stanchi dopo tre ore di auto, sul divano. Lui non sembrò farci minimamente caso, quindi avevo fatto bene a non fare troppe cerimonie. Provavo, dopo tanto tempo, quella sensazione di agio che si può assaporare solo con le persone di famiglia.

Stava preparando il tè verde in modo abbastanza maldestro. Si capiva che quando la zia era viva lo faceva sempre lei.

Provavo invidia per lui. I nostri percorsi di vita erano stati completamente diversi: le previsioni di quando avevamo giocato alla casa da piccoli erano state rispettate in pieno. Lui aveva una base solida e ferma, mentre io riuscivo a malapena a camminare a saltelli su un terreno traballante. Ero consapevole che questo dipendeva dalla differenza tra le nostre madri. Mia madre aveva usato la forza per acquistare potere all'esterno, mentre la zia l'aveva controllata, coltivando il suo mondo interiore.

E come se non bastasse, da questa madre ero stata anche abbandonata. Che speranza poteva esserci per me? Ero davvero un disastro.

Osservando con attenzione l'interno della casa, pensavo che probabilmente sia la mamma che la zia, ognuna a suo modo, avevano scelto una vita che ritenevano buona, ottenendo risultati totalmente diversi.

Era una casa messa su da una persona con amore per ogni singolo oggetto, ma senza eccessivo attaccamento alle cose, con una forza dolce. Persino le piante nei vasi di terracotta sembravano esprimere la cura con cui erano state trattate. Sebbene vi fosse morto qualcuno da poco, non si era trasformata in una prigione di ricordi.

C'era stata una vita normale, poi una morte normale, e tutti e due probabilmente l'avevano accettata. Quella corrente tranquilla continuava a fluire, dando allo spazio un senso di stabilità.

I danni dovuti alla particolare educazione delle gemelle, in casa della zia qui erano ridotti al minimo. Invece a casa mia si erano manifestati al massimo grado.

"Lo faccio io il tè?" chiesi.

"Come mai? Ti sembra che non sia bravo?" rise Shōichi.

"Non devi versare l'acqua bollente così tutta assieme," dissi.

"Be', tanto tu lo bevi insieme alla birra," obiettò lui.

Pazienza, ormai è pronto, pensai e sorrisi.

Come previsto, il tè sapeva solo di acqua bollente un po' amara.

Divertita, decisi di bere un'altra birra.

Tirai fuori dal frigo senza cerimonie del blue cheese,

dicendo giusto: "Posso mangiare questo?", per accompagnare la birra. Era un ottimo formaggio, una qualità insolita per una normale casa giapponese, cosa che mi sorprese un po'. Ma poi ricordai che la famiglia gestiva prodotti alimentari d'importazione, quindi era normale che fossero attenti alla qualità dei cibi, almeno quanto lo ero io a quella del caffè. Era buffo che solo in questo aspetto ci assomigliassimo.

In un attimo, il contenuto del frigorifero della casa dove abitavo da piccola mi affiorò alla mente. C'erano sempre prodotti d'importazione, rari e prelibati, ordinatamente disposti, con uno spazio tra l'uno e l'altro. Papà non mancava mai di portare delle scatole di campionario con dentro dolci variopinti che non si trovavano in Giappone. Regalarmele gli faceva molto piacere, e la mamma diceva ridendo: guai a te se li mangi tutti in una volta. Era davvero tanto tempo che non me ne ricordavo.

Anch'io avevo vissuto un periodo di pace. Ma dopo erano successe così tante cose che avevo finito col dimenticarlo. Era il tempo in cui i miei genitori avevano occhi solo per me, e mi trattavano come un tesoro.

Era stato il frigorifero di quella casa che trasmetteva pace, anche ora che la proprietaria non c'era, a riportarlo alla mente.

Si era fatto tardi ed eravamo stanchi, quindi decidemmo che avremmo continuato a parlare il giorno dopo. Shōichi mi fece fare il bagno per prima. Era da tanto tempo che non lo facevo in una vasca così grande.

Poiché c'era una grande finestra, la spalancai, feci scaldare bene l'acqua ed entrai nella vasca. Avevo la sensazione di stare nei bagni termali all'aperto, si vedeva persino il luccichio bianco delle stelle e il profilo scuro delle massicce montagne. Era il massimo.

In Italia le vasche erano piccole e nel mio appartamento c'era solo la doccia, perciò sono felice che tu mi abbia fatto venire qui, ti ringrazio, dissi rivolgendomi alla zia in cielo.

Mi basta già la felicità di questo bagno, zia. E il solo fatto che qualcuno si sia preoccupato di me mi commuove profondamente. Io sono a posto così. Sono felice. Non ho bisogno di altro.

Inoltre, in quest'abbondante acqua calda, ricordare la grande stanza da bagno in Italia, tutta rivestita di piastrelle, non mi dispiaceva affatto. Uno spazio candido e freddo con gabinetto e bidet a vista, l'aria calda che si sollevava dal radiatore sotto la finestra e le distese di ulivi oltre la finestra, dietro la tenda bianca. La vasca, piccola per un ambiente così vasto, dalla superficie perfettamente liscia, nella quale io, che mi aggrappavo per non scivolare, sembravo sproporzionatamente grande.

I luoghi da cui siamo lontani, nel ricordo ci appaiono sempre splendenti di nostalgia.

L'aria notturna del Giappone, piena di vapore, il calore delle guance che a ogni soffio di vento si raffreddava di colpo, erano piacevoli. Mi sembrava che quel freddo rendesse la mia pelle più bella di quanto avrebbe potuto fare la lozione più raffinata. Avevo la sensazione che lo stupendo colore della notte mi tingesse la pelle. Come sarà apparso alla zia che era in cielo il mio profilo dalla finestra aperta sul mondo buio? Le avrà ispirato tenerezza? Il mio viso, quello di una donna che continua a fuggire da tempo e vive senza scopo, non sarà diventato ambiguo e sgradevole?

Restai immersa nell'acqua un'ora, sudai molto, e avvolta nel soffice asciugamano per gli ospiti che probabilmente la zia aveva lavato quando era in vita, uscii dalla vasca.

Anche semplicemente usando questo asciugamano, il tempo nella casa riprendeva a muoversi, e io sentivo con una stretta al cuore che mia zia si allontanava ancora un po'. Però un'altra me disse: Va bene così, invece. Meglio usarlo senza timore, rompere questa immobilità, e portare la casa al tempo presente.

Salutai Shōichi, quindi aprii la finestra nella stanza degli ospiti, spolverai un po', e dopo avere cambiato bene l'aria accesi il riscaldamento e mi infilai nel letto.

Dio, grazie di avermi dato un posto in cui dormire stasera. Grazie della vita che mi hai donato in questa giornata.

La mia preghiera prima di dormire, da quando ero rimasta sola, era sempre questa.

Shōichi per il momento non aveva l'aria di volermi assalire, anzi, serio com'era, probabilmente non l'avrebbe fatto per il resto dei secoli, quindi mi abbandonai al sonno in piena tranquillità.

Al mattino una luce trasparente che entrava da una fessura della tenda mi colpì in pieno viso, e così mi svegliai presto, cosa per me rara.

Si vedevano le montagne dove, negli spazi tra una casa e l'altra, c'era ancora molto verde. L'aria era talmente pulita che non sembrava di essere in Giappone.

E tuttavia, a differenza della Toscana, annusando bene si sentiva un odore di alberi bagnati. Nonostante soffiasse un forte vento, gli alberi erano ancora impregnati di umidità, caratteristica della stagione. Con l'arrivo dell'inverno, si sarebbe sentito un odore più secco e pungente.

Era molto tempo che non entravo in contatto con l'atmosfera di questa stagione in Giappone. Nella particolare e malinconica qualità della luce percepivo una pace profonda. Guardai a lungo fuori dalla finestra in modo da assaporarla appieno.

Nonostante fosse mattina, sembrava che niente ancora avesse cominciato a muoversi, e nel paesaggio non si scorgeva alcuna novità. Anche il cuore delle persone non desiderava novità. Era uno strano paesaggio, in cui la bellezza sembrava consistere solo nel progressivo disseccarsi degli alberi. Eppure anche lì dovevano esserci dei cambiamenti: di sicuro continuavano a nascere bambini, i vecchi morivano, si aprivano nuovi negozi e altri si chiudevano. Ma stranamente quell'apparenza tranquilla non dava questa impressione.

Pensando alla zia e a Shōichi, che avevano vissuto la loro vita regolare e serena in quella zona residenziale fuori moda, di nuovo provai un po' di invidia. Avevano accumulato giorni su giorni, tutti più o meno simili, e sopra a quelli ne avevano accumulati altri ancora, e altri ancora fino a non accorgersi più di continuare a accumularne, e la massa compatta di amore che si era formata da quella ripetizione era cresciuta così solida che neppure la morte aveva potuto distruggerla.

Forse perché non era stata usata da molto tempo, la stanza degli ospiti, nonostante la sera prima l'avessi spolverata bene con un piumino, era ancora piena di polvere che il vento freddo, entrando dalla finestra, sollevava in aria. Colpita dalla luce che la faceva brillare di riflessi arcobaleno, aveva una strana bellezza.

In fondo alla scala si sentivano dei rumori. Probabilmente Shōichi si era alzato già da un po'.

Di sicuro stava compiendo, con movimenti simili a quelli della zia, le azioni necessarie a tenere in ordine la casa. Penso che lo avesse davvero cresciuto con molto impegno. Lui era il sogno della zia fatto persona. Lo aveva cresciuto in modo che potesse stare dritto sulle sue gambe, e non diventare uno sradicato come me.

Poiché la casa si stava riempiendo dell'odore di caffè, scesi al piano di sotto.

"Buongiorno," dissi.

"Buongiorno. Hai dormito bene?" disse Shōichi.

"Sì, grazie," risposi.

"Prendi il caffè?" chiese lui.

"Grazie, volentieri," dissi.

La mattina, l'atmosfera di quel piccolo soggiorno era ancora più speciale.

Era difficile capire perché, ma c'era una perfezione che incantava. La sensazione era che al centro di quello spazio ci fosse qualcosa di solidamente definito e stabile che il movimento, lo scorrere e le trasformazioni della vita non potevano turbare. Vi era una profusione di piante dalle foglie verdi e rigogliose, pochi utensili da cucina che splendevano ai raggi del sole: ordinati, ma non in modo troppo meticoloso, emanavano un senso di calore. Anche il tavolo ben lucidato, sebbene privo di oggetti, contribuiva a rendere quello spazio accogliente. Nel guardare quella stanza seduti sul morbido divano si intuiva che rincasare ogni giorno in quell'ambiente creato con cura, investendo del tempo e prestando attenzione a ogni dettaglio, come un'opera d'arte, dovesse essere una gioia.

Il caffè preparato da Shōichi, a differenza del tè della sera prima, era squisito.

"Questo caffè è buonissimo," dissi. "Denso e dolce, né troppo tostato né troppo acido."

"Noi importiamo anche il caffè. E ti assicuro che sulla qualità siamo esigenti almeno quanto te. Però questi grani non vengono dal nostro negozio ma da uno di questa zona che si chiama Shozo. Quando lo hanno aperto, io sono stato il più felice di tutti. Siccome i clienti sono più o meno gli stessi nostri, l'effetto sinergico fa aumentare le vendite."

Shōichi sorrideva orgoglioso. La sua schiena leggermente incurvata mentre preparava il caffè, robusta, mi ricordò suo padre, che avevo conosciuto appena.

"Che bello, sono felice che in questa casa la mattina si possa bere del buon caffè," dissi.

"Anche a mia madre farebbe piacere sentirtelo dire," disse Shōichi. "Questo era il suo nido, e la sua fortezza."

"La zia deve avere vissuto seguendo una severa disciplina

interiore. Altrimenti non avrebbe potuto creare una casa così ordinata," dissi. "Credo che il pensiero di quello che ha fatto mia madre probabilmente non l'abbia mai abbandonata. Conoscendo la zia, immagino che fino all'ultimo non sia mai riuscita a vivere con un sentimento di normalità, affrontando le cose in modo spensierato."

"Anche perché all'inizio erano incredibilmente legate," disse Shōichi. "Perché i tuoi genitori sono morti a quel modo? Possibile che prima che accadesse nessuno si sia accorto di niente?"

"Io, sarà forse perché ho un rifiuto inconscio, non riesco a ricordare. Certo, la mamma era diventata molto strana, ma il processo era stato così graduale che nessuno fece seriamente qualcosa per fermarla. La zia tentò, ma credo proprio alla fine. Gli altri, essendo estranei, si limitarono ad allontanarsi da lei," dissi. "Le nostre madri erano figlie della fondatrice di una particolare setta religiosa, vero?"

"Io ne so molto poco. Ho sentito che da bambine venivano costrette a seguire non so quali pratiche mistiche," disse Shōichi. "Però mia madre, fino all'ultimo, di quel periodo non ha mai raccontato quasi niente."

Nella mia mente balenò qualcosa. Sto per ricordare qualcosa, pensai. Era qualcosa che non volevo ricordare. Qualcosa che mi dava una sensazione di pericolo. Impaurita, cercai di concentrarmi con forza su quello che stavo pensando.

"Credo che abbiano imparato diverse arti magiche. La nonna era stata a studiare a una scuola di streghe a Torino, ed era diventata una strega bianca ufficialmente riconosciuta, giusto? Poi aggiunse a quegli insegnamenti diverse cose inventate da lei, creò un suo sistema originale e cominciò a insegnarlo."

"Ma allora perché loro due non hanno preso il suo posto in quella religione? So che il nonno e la nonna hanno divorziato per questo motivo, ma loro due che cosa facevano?" chiese Shōichi.

"Non lo sai?" gli domandai io.

"No," disse lui scuotendo la testa con aria innocente. Rimasi di stucco.

"A quanto ho sentito, una volta, proprio come successe a mia madre, la nonna fallì in una seduta spiritica," dissi, scegliendo accuratamente le parole. "Quella volta la nonna stava evocando una presenza benefica – se una cosa simile esista davvero è un altro discorso –, ma forse perché lei non aveva sufficiente potere, o perché i membri non erano all'altezza, in ogni caso per errore si manifestò una presenza malvagia, e poiché tutti si erano riuniti lì credendo in lei, finirono per subirne l'influenza nefasta. E, poco tempo dopo, tutti i componenti del gruppo si suicidarono. La nonna se ne assunse la responsabilità e prima di morire disse con estrema gravità che bisognava bloccare quella presenza maligna per impedire che si diffondesse nel mondo.

"Ho parlato di gruppo, ma in effetti erano solo cinque persone. Mah, anche cinque non sono poche...

"La mamma e la zia, che erano nascoste nell'armadio e sono sopravvissute, assisterono a tutto, abbracciandosi e tremando; naturalmente arrivò un sacco di polizia, la setta si sciolse e le due gemelle, che erano le nostre madri, furono ricoverate per la riabilitazione in una piccola clinica gestita da uno dei seguaci della setta, dove trascorsero un lungo periodo. Quando ne uscirono, non so bene che cosa fecero, ma credo che almeno per un certo tempo abbiano vissuto insieme. Forse per un po' saranno state anche a casa del nonno. Ma questo non lo so. Alla fine tua madre si sposò con tuo padre – fu un matrimonio d'amore – quando già molto tempo prima mia madre si era sposata col mio."

"Eh? A mia madre è successa una cosa simile? Avevo sentito dire che per lo choc subìto in seguito alla strana morte della nonna era stata per qualche tempo in una clinica, ma non avevo idea che fosse successa una cosa così terribile," disse Shōichi. "Quindi quello che è accaduto a casa tua in qualche modo è legato anche a me."

"Infatti," dissi. "Non sapevi nulla, eh? Davvero nulla. Per la zia tu eri una persona che doveva essere tenuta all'oscuro del passato, da proteggere a ogni costo."

Poiché rimaneva in silenzio, gli strinsi dolcemente la mano.

E intanto pensavo: Non è possibile che un evento simile non abbia lasciato un'ombra anche nella sua vita. Pur se in modo indiretto, quelle tenebre si devono essere infiltrate in silenzio nel suo mondo. È meglio sapere dove si annida l'ombra, e la confusa inquietudine di Shōichi si può dissipare solo facendo luce.

Il legame tra la mamma e la zia era così forte anche perché, nel periodo in cui erano ricoverate in quella speciale clinica per la riabilitazione il cui direttore era un ricco signore seguace della nonna, erano state sempre da sole, sostenendosi a vicenda, ed erano sopravvissute. Lì la zia aveva dimostrato di avere una gran forza, e la mamma, ammirandola, si era affidata completamente a lei, riuscendo a venirne fuori. Quando la mamma era ancora in sé, mi ha raccontato spesso di quanto lei fosse incapace e la zia affidabile, e di quanto fosse orgogliosa della sua gemella.

Uscita da lì, la mamma iniziò una relazione con quel direttore molto più vecchio di lei, e per qualche tempo visse nel suo appartamento come un'amante. Tutto questo mi è stato detto, in termini molto vaghi, da lei stessa. Credo che poi la loro relazione sia andata avanti anche dopo che si era sposata con papà.

Io ho incontrato tante volte quel signore, che praticamente era un vecchio, insieme alla mamma. Lei andava a trovarlo con il pretesto che era un suo amico, che aveva fatto molto per lei, e vista con gli occhi di adesso credo che, se non altro, la loro fosse una storia seria. Si capiva che era rimasto in entrambi il sentimento intenso di una coppia che era stata legata da un lungo rapporto, e anche che lui, pur opponendosi alla natura impetuosa di mia madre, ne era attratto.

In quel periodo, a proposito della zia, mia madre mi aveva detto:

"Dato che siamo gemelle, ci basta uno sguardo per capire che cosa l'altra sta pensando. O come si sente. Noi non parlavamo più, stavamo quasi sempre stese sul letto, e le nostre passeggiate erano sulla sedia a rotelle. Ci ferivano persino i raggi del sole. Eppure, ci bastava guardarci per leggere negli occhi dell'altra un incoraggiamento ad andare avanti.

"In quel periodo Atsuko era di una bellezza fantastica ed era incredibilmente forte. Io non potevo fare a meno di provare una forma di adorazione nei suoi confronti, ma per quanto mi sforzassi mi era impossibile diventare forte come lei."

Quando lo dissi a Shōichi, gli occhi gli si riempirono di lacrime.

"Non capisco come mai mia madre non mi abbia mai parlato di un fatto così importante," disse.

In quel periodo la pazzia della mamma mise radici in fondo al suo cuore insieme al complesso nei confronti della sorella. La zia, che era molto più calma e fredda, pur avendo dentro di sé le stesse tendenze, aveva scelto di non coltivarle.

"Probabilmente nemmeno tuo padre lo sapeva. Penso comunque che non te l'abbia detto per amore. Dirtelo, a che cosa sarebbe servito? Credo che lei abbia scelto di dimenticare tutti e tutto, tagliare ogni legame e vivere dedicandosi solo a voi."

"Se è così, perché era così preoccupata per te? Se aveva dimenticato tutto, come mai al momento di morire all'improvviso si è ricordata?" disse Shōichi.

"Ho sentito dire che ci sono alcuni tipi di magie segrete che si possono fare solo in punto di morte, e forse lei ha tentato di farlo, credo," dissi. "Però, certo, è strano…"

A quel punto mi fermai. Di nuovo avevo avuto la sensazione di essere molto vicina a ricordare qualcosa di importante. Però altri pensieri sgorgarono a fiotti, confondendomi, e infine le mie parole presero un'altra forma.

"Forse la zia voleva placare lo spirito della mamma attraverso di me, e fare la pace con lei."

"No, questo non mi sembra possibile," disse Shōichi. "Mia madre non era tipo da dire una cosa per un'altra. Ed è stata molto chiara: voleva aiutare te. Questa è l'unica cosa che ha detto. Non ha mai fatto alcun riferimento a tua madre. È per questo che sono venuto a cercarti."

"Ho capito. Allora proverò a rifletterci ancora un po'," dissi.

"Cosa posso fare io?" disse Shōichi.

"Penso che dipenda da cosa la zia intendesse fare per aiutarmi," dissi.

"E la magia segreta di cui parlavi, che cosa sarebbe?" chiese Shōichi.

"Ho solo sentito dire che in quella zona indistinta che collega questo mondo a quell'altro, solo in punto di morte è possibile incontrare le persone che uno desidera. Siccome ovviamente non posso averlo sperimentato, non ne so altro. E poi, come potrei saperlo proprio io che non credo affatto a queste cose, e non le trovo neanche interessanti?" dissi ridendo.

"Anche solo averne sentito parlare, mi sembra già incredibile. È un discorso talmente assurdo," disse Shōichi.

"Lo penso anch'io. Però per questa che a noi pare un'assurdità, ci sono stati dei morti. C'è gente che per studiarla è andata addirittura a scuola, poi l'ha importata in Giappone e l'ha trasmessa alla generazione successiva. E così diverse persone, che ne sono state completamente assorbite, sono finite uccise. Inclusi i miei genitori. Che follia!" dissi. "Non ci si dovrebbe mai dedicare a nulla in modo così totale."

"E se provassi a tornare a casa vostra?" disse Shōichi.

"Il solo pensiero mi dà i brividi," dissi.

"È possibile che lì siano rimaste delle tracce, no? Si potrebbe fare qualcosa, che so, una purificazione... Mi sento un cretino a non saper suggerire niente di meglio," disse Shōichi con aria contrita.

La sua ingenuità mi faceva un po' di tenerezza. Pensai: se questo potesse servire a tranquillizzarlo, forse potrei anche andarci. Ma sì, dopotutto è passato tanto tempo.

"La storia si è ripetuta. Come una maledizione. Mia madre di sicuro avrebbe detto che era la maledizione di quella presenza evocata dalla nonna. Quando ha fatto quella seduta spiritica, l'ultima, lei ha fallito esattamente come la nonna, e tutti sono andati fuori di testa. Ma naturalmente penso che la predisposizione mentale di mia madre abbia determinato gli eventi," dissi.

"Stai parlando di quando i tuoi sono morti?" disse Shōichi.

"Sì, per quanto fossimo lontani, immagino che tu sappia tutto...

"Durante la seduta spiritica, mia madre uscì totalmente di senno e uccise mio padre con un coltello, dicendo che era posseduto da uno spirito maligno.

"Due delle tre persone presenti erano mio zio e la moglie. Loro scapparono subito fuori e diedero l'allarme. Ho sentito dire che anche la cameriera fuggì. Però un'altra persona che era lì, una che pare fosse molto buona, tentò di impedire alla mamma di uccidere mio padre, ma nella colluttazione fu colpita alla gola da una coltellata. Per fortuna la ferita non era profonda, ma poiché lo choc era stato forte, so che in seguito ebbe molti problemi. Cosa ne sia stato di lei, non lo so.

"Poi anche mia madre si colpì alla gola con il coltello e morì.

"Naturalmente io, a differenza di come era successo alle

gemelle di allora, ero nascosta nella mia stanza e non vidi niente, ma anche nel mio caso lo choc fu terribile, e di quei momenti non ricordo quasi nulla.

"Inoltre la storia si è ripetuta da un altro punto di vista, perché anch'io sono andata in quella clinica, e forse le tante medicine che mi hanno dato hanno contribuito a cancellare i miei ricordi.

"Ovviamente non mancarono quelli secondo i quali a provocare tutto era stata la maledizione lanciata da mia nonna, ma che andassero al diavolo anche loro.

"In ogni caso, quando sono ritornata nel mondo, tutto mi era stato rubato dalla famiglia Konami e dagli zii sopravvissuti a quella serata. Tutti i giochi sono stati fatti senza di me. Avevo perso ogni diritto sul negozio, sulla casa, su tutto. Non ci voglio pensare troppo, ma credo che anche il direttore della clinica abbia ricevuto qualcosa per tenere la bocca chiusa.

"Insomma, io non possedevo quasi più nulla e non avevo nessun posto dove andare. Mi versarono sul conto una somma, una piccola parte dell'eredità, pensando così di pulirsi la coscienza, ma fui abbandonata da tutti: rimasi completamente tagliata fuori. Il nonno era morto, e non c'erano altri parenti con cui avessi rapporti stretti. Capisco che nessuno volesse prendermi con sé, ma chiunque abbia provato a chiamare al telefono si è negato, e quando sono andata ingenuamente a trovare lo zio, mi ha sbattuto la porta in faccia. Il fatto che mi abbiano chiuso in quella clinica, o ospedale, non so bene, nonostante non fossi poi così fuori di testa, sospetto sia stato per escludermi dall'eredità. Certamente io ero d'intralcio," dissi.

"Peccato che allora tu non sia venuta da noi. Anche se era tanto tempo che le nostre famiglie non avevano più rapporti, mia madre non aveva certo intenzione di interrompere i legami con te. Certo, la gente fa cose terribili. Potresti ancora rivolgerti a un avvocato e cercare di ottenere qualcosa. Anche se eri ancora piccola, penso che ti sarebbe spettato molto di più. Ti aiuterò io," disse Shōichi.

"No, non importa. Probabilmente in quel momento io volevo soprattutto andarmene lontano. E forse per questo non ho cercato la zia. C'è stato chi si è occupato di me, e la vita che poi mi sono costruita mi piace molto di più. Non voglio avere niente a che fare con quelle persone. Se proprio avessi bisogno, piuttosto vengo a curare la contabilità della tua ditta. Mille volte meglio. E poi, se oggi mi dicessero che mi restituiscono quella casa spaventosa, non la vorrei nel modo più assoluto," conclusi ridendo.

Però ero felice che Shōichi mi avesse detto quelle cose, e con tanta serietà.

"È una fortuna che tu abbia saputo costruirti la tua vita da sola," disse Shōichi. "Altrimenti, sarebbe troppo triste."

"Stai tranquillo," dissi io. "Io sono nata così come sono, ho una sensibilità e un modo di pensare che sono solo miei, e questo mi basta. Non c'è proprio niente di triste."

Poi rimanemmo un po' in silenzio e bevemmo il caffè che era diventato tiepido e più dolce, guardando fuori dalla finestra. La luce ritagliava le ombre dei rami degli alberi, e danzava creando forme affascinanti.

Nell'osservare quel mondo che solo noi due potevamo creare, ebbi la sensazione di riguadagnare il tempo in cui eravamo bambini. In condizioni normali, come figli di due gemelle che avevano superato un periodo terribile sostenendosi a vicenda, avremmo dovuto avere rapporti frequenti. Pensavo che ciò che avevo provato in quel giorno da bambina non era sbagliato. Le nostre strade erano separate dall'inizio. Io non avevo nemmeno una delle cose che possedeva lui.

Ma anche se avessi avuto la fortuna di avere una buona famiglia e potessi vivere fino a ottant'anni, questo senso di solitudine sparirebbe? Se mi pongo questa domanda, la risposta è no.

La mia solitudine nasce da qualcosa che un tempo avevo con certezza e che è venuta a mancare, e questo penso che sia il destino di tutti. Perché non esiste nessuno che possa vivere senza perdere qualcosa.

Anche la vita della zia probabilmente è stata così. Per quante cose buone abbia potuto creare, ne ha perse altre che non ha più ritrovato. Credo però che lei si sia convinta che questa non era una buona ragione per stare a guardare: era meglio agire, compiere qualcosa di positivo. Stando con Shōichi, le cose che la zia aveva pensato si trasmettevano a me un poco alla volta, in modo indiretto, e sentivo di capirle.

"Dove andiamo? Cosa possiamo fare?" disse Shōichi.

"Va bene, andiamo nella casa dove vivevo. Facciamo questo tentativo," dissi.

Inaspettatamente anche per me, dai miei occhi sgorgarono le lacrime. Eh? Sto piangendo, pensai. Successe senza preavviso, come quando colano la saliva o il muco dal naso.

Shōichi mi guardò immobile. Senza parlare, senza consolarmi, come se gli sembrasse più gentile limitarsi a guardarmi. E senza distogliere lo sguardo.

"Io... se a te non dispiace, vorrei andare anche in quella clinica dove dicono che è stata mia madre," disse.

"No, ti prego," dissi.

"Stai tranquilla. Tu sei libera per sempre," disse Shōichi.

"Essere libera per sempre, non so perché mi suona triste," dissi ridendo.

"Il direttore sarà ancora quell'uomo che è stato amante di tua madre? Forse lo avranno sostituito," chiese Shōichi.

"Be', dato che avrà una certa età, dubito che occupi ancora la stessa posizione, ma secondo me è lì. La clinica si trova nel quartiere residenziale di Shōtō, è una villa che ha fatto ristrutturare lui," dissi.

"Come mai i vicini non hanno protestato sul fatto di costruire una clinica come quella in una zona residenziale?" chiese Shōichi.

"La villa sorge al centro di un terreno vastissimo. Per quanto ci possano essere pazienti strani, non possono dare fastidio. A parte quelli che abitano davvero vicino, tutti pensano che si tratti di un bosco o di un'ambasciata. E poi mi sembrava che la clinica non fosse frequentata da molte persone," dissi.

"I ricchi hanno sempre varie vie di uscita," disse Shōichi. "Si dice che non ci sono cose che non si possano risolvere con il denaro, e in parte forse è vero."

"È quello che voleva credere mia madre. Lei andava sempre nella direzione del denaro: e in effetti, sposando un ricco commerciante e vivendo in una casa di lusso, entro certi limiti sembrava che avesse avuto ciò che voleva. Anche se alla fine ha perso la vita."

Risi. Non potevo fare altro che ridere.

"Bene, ci muoviamo tra un'ora," disse Shōichi.

"Di già?" dissi. "Visto che sono venuta fin qui, volevo andare alle terme. A proposito, tu dove dormi a Tōkyō?"

"Da te," rispose lui.

"Che idea ti sei messo in testa? Non facciamo scherzi," dissi.

"Stai tranquilla, non avrei mai il coraggio di mettere le mani addosso a una cugina," disse Shōichi.

"Non intendevo questo," dissi. "Perché dovrei stare insieme a te in una casa così piccola?"

"Allora prendo una stanza in albergo," disse lui.

"Evviva! Prendi una stanza anche per me. Sarà divertente. Come andare in vacanza d'estate," dissi.

Shōichi rise.

"Ho capito. A Tōkyō ti annoiavi. Avevi bisogno di un compagno di giochi."

"Esatto. Siccome di solito sono in Italia, quando vengo in Giappone mi sento un po' Urashima Tarō," dissi sorridendo. "E poi, visto che devo andare da un posto terribile all'altro, se non faccio qualcosa di divertente non posso reggere. Mi raccomando, prendi una stanza il più possibile bella e spaziosa, in un albergo nuovo."

"Sembri una bambina," disse Shōichi.

"Temo sia inevitabile, visto che quando lo ero mi hanno costretta a diventare adulta di colpo. Almeno lasciatemi fare la bambina adesso," dissi.

I ricordi di quel periodo erano intermittenti e confusi, ma quando ero uscita dall'ospedale ed ero stata catapultata improvvisamente nel mondo, avevo dovuto mettere insieme da sola i pezzi di me stessa. Ero senza casa, e avevo tentato alcune volte di riprendere contatto con gli zii, che mi erano ostili a causa dell'eredità. La cosa che mi rattristava era che avevano perso ogni fiducia in se stessi; sì, erano sopravvissuti, ma così impauriti che sembrava non si sarebbero ripresi mai più. Penso che vederli così mi abbia fatto perdere ogni desiderio di fare affidamento su di loro. Che si fossero ridotti in quello stato però era comprensibile: mia madre, in cui loro credevano ciecamente, con cui vivevano e facevano affari, era impazzita. Per loro natura erano persone prudenti, ma il denaro che mia madre aveva portato li aveva abbagliati.

Dapprima ero andata dal mio boyfriend italiano, che mi manteneva mentre, per continuare il processo di riabilitazione, lo aiutavo nella sua azienda agricola. Quando tornavo in Giappone andavo a trovare degli amici, e i loro genitori mi ospitavano in un appartamento di loro proprietà. A scuola non andavo. Mia madre aveva voluto iscrivermi alla scuola americana, quindi parlavo inglese, e con molto sforzo avevo imparato l'italiano col mio boyfriend. Grazie a ciò riuscii a tenermi a galla, ma sapere di dover contare solo su me stessa mi aveva costretta a diventare adulta in fretta, su questo non c'è dubbio. Essere sempre ospite di qualcuno aveva queste implicazioni.

"E poi, dato che sei mio cugino, posso farmi un po' viziare."

"Va bene, anche perché ho capito che se sei serena tu, lo è anche mia madre," disse Shōichi, sorridendo dolcemente come un principe da manga per ragazzine. Che bello, pensai, sembra un sogno. Lo penso sempre.

Ogni volta che mi separo da qualcuno, ogni volta che devo lasciare un luogo, o quando ho detto qualcosa di terribile a me stessa o a qualcuno... penso: se potessi comunicare ogni cosa direttamente come avviene nei sogni, quanto sarebbe bello! Se la percezione del tempo fosse la stessa dei sogni, probabilmente saremmo tutti più gentili con il resto del mondo. Mi chiedo se in fondo le persone non vorrebbero comportarsi sempre così con gli altri.

Forse perché Shōichi era così amabile, era facile trattare con lui, e credo che anche lui pensasse così di me: almeno fra noi due questa reciproca gentilezza era già in atto.

Sebbene non ricordassi quasi niente di quella clinica, quando mi trovai davanti al cancello rimasi impietrita. Nel vedere il tetto verde della villa, seminascosta da grandi alberi frondosi, mi sentii invadere da una sensazione confusa. Mi venne quasi da ridere: possibile che alla mia età fossi ancora così delicata e fragile? Ero convinta che questo lato di me appartenesse al passato. Allora aveva ragione la zia a preoccuparsi per me...

Era la prima volta che lo pensavo.

Stranamente, il ricordo di essere stata lì non riaffiorava.

Sembrava che ai pazienti fosse permesso passeggiare solo nel giardino, che dall'esterno non si vedeva. Probabilmente i vicini, al di fuori del personale della clinica, non vedevano quasi nessuno. Il giardino era molto curato, e talmente ampio che non poteva procurare un senso di claustrofobia. C'era un grande albero di mimosa. E anche molti alberi di ginkgo. Avevo un vaghissimo ricordo di quando in quel giardino l'aria era satura dell'odore sgradevole dei frutti del ginkgo.

Shōichi aveva preso appuntamento, dando il nome delle nostre madri. Aveva detto che se ci fosse stato ancora qualcuno che lavorava nella clinica a quei tempi, avrebbe voluto sentire qualcosa su di loro. Gli fu risposto che c'era qualcuno, e ottenne facilmente di essere ricevuto.

Premuto un campanello accanto alla grande porta di legno, un giovane uomo che indossava un'uniforme da infermiere ci venne ad aprire. Pensai che la caratteristica di quel posto era già in quell'uniforme. Quante saranno nel mondo le cliniche come questa, provviste di tutti i requisiti, ma riservate a una cerchia ristretta di ricchi con problemi? Di sicuro tante, solo che non si conoscono. Le richieste saranno molte, e probabilmente destinate ad aumentare. La versione aggiornata degli antichi istituti di contenzione, pensai.

"I signori Takahashi, vero? Prego, da questa parte."

Era un uomo che non ricordavo di avere mai visto. Forse il personale veniva sostituito di frequente. Ricordavo però il lungo corridoio di linoleum, il fatto che tutte le finestre dell'edificio erano coperte di grate in modo da nascondere la vista all'esterno, la quasi totale assenza di specchi e la porta a chiusura elettrica della torre dove erano alloggiati i pazienti in isolamento. A poco a poco mi tornarono in mente vari dettagli che indicavano che quello non era un ospedale normale.

Avevo sentito che i pazienti ricoverati in questo edificio, il principale, erano quelli che potevano fare una vita quasi normale, o casi di dipendenza da alcol o droghe che comportavano una riabilitazione relativamente leggera.

Dall'ingresso fummo condotti in una grande sala di ricevimento, senza addentrarci oltre all'interno dell'istituto. Anche la sensazione di quel divano in pelle era vagamente familiare, ma chissà, poteva anche essere suggestione. Ero stata seduta lì con un peso sul cuore? Mi sembrava di sì, ma anche di no. Una sottile angoscia mi stava montando dentro.

Allora, ero stata ricoverata lì per un certo periodo come avevo pensato? Oppure i racconti della mamma si erano confusi con la realtà? O ero solo venuta lì ad accompagnare la mamma quando incontrava il direttore?

Stupita da quanto la memoria fosse ambigua, cercavo di ricordare, ma inutilmente. Chiedendomi, sempre più sconcertata, se tutto questo fosse un effetto del trauma, e anche come avevo potuto vivere fino ad allora in quello stato di amnesia.

Ma poiché odio lasciarmi deprimere, decisi di tagliare corto. "Be', dopotutto non ho particolari problemi," mi dissi. "Adesso sono insieme a Shōichi, e lui sembra ricordare tutte le cose più importanti. Se io dimentico, ci penserà lui a ricordare."

Mentre ero immersa in questi pensieri, apparve una giovane donna, probabilmente un'impiegata, che ci portò del tè in tazze bianche, insieme ad alcuni biscottini prelibati.

Shōichi guardava l'edificio come in preda a una forte emozione.

Lo capisco, pensai. La zia ha trascorso qui una parte della sua giovinezza, sognando il mondo al di là di questo giardino. Qui il servizio è impeccabile e lussuoso, ma è un luogo completamente inadatto alla zia, la donna forte che conoscevamo. Era incredibile pensare che lei fosse stata rinchiusa qui dentro.

Anche senza parlare, capivo che cosa provava Shōichi, e credo che lui provasse lo stesso nei miei confronti. Il divano era stretto, e le nostre ginocchia si sfioravano. Mi rendevo conto persino del fatto che quel leggero calore era di sostegno a entrambi. Nella straordinaria tranquillità di quell'edificio, protetta da vetri insonorizzati, le uniche cose vive erano il verde del giardino e quel calore.

In quel momento, se fosse stato possibile, avremmo voluto restare così all'infinito. In quella posizione, con lo spirito di due bambini che stanno vicini. Restare così, come nei tempi felici, escludendo ogni altro pensiero. Guardai il profilo di Shōichi, lui mi guardò e annuì in silenzio. Sì, desideravo proprio un cenno come questo, pensai, e soddisfatta bevvi un sorso di tè, sentendo il mio cuore scaldarsi. Come sarebbe bello se questo silenzio durasse in eterno, pensai.

E invece finalmente si sentì bussare alla porta e una donna di mezza età entrò nella stanza.

Nel vedere il suo viso pensai: Cosa? Ma questa donna non è la nostra cameriera, quella che era fuggita dalla seduta spiritica e si era salvata? Avevo la sensazione che non fosse un'infermiera né una dottoressa dell'istituto. Cercai di ritrovare il suo viso nella memoria, ma tutto era vago e confuso e non riuscii a vedere niente.

È solo in momenti come questi che capisco la portata dello choc che avevo subìto. Per quanto cerchi di chiuderli in una scatola, facendo finta che non esistano, questi buchi della memoria si aprono dentro di me come enormi trappole.

Ma è naturale, la mamma ha ucciso il babbo, a chi è successa una cosa simile? mi dissi, e come avevo fatto tante volte in passato, tentai di confortarmi dicendomi: Su, coraggio.

"Sono la vicedirettrice Kojima. A quel tempo ero infermiera. Assomigliate tutti e due alle vostre mamme. E vi assomigliate anche un po' tra di voi," disse. "Mi dispiace, a parte me e il direttore, di quel periodo non è rimasto più nessuno. Ho detto 'il direttore', ma quello che allora era il direttore si è ritirato per motivi di età, e attualmente ha solo un ruolo di consigliere. A gestire la clinica è il figlio, che però oggi è fuori per un congresso."

"Non si preoccupi. Il solo fatto di aver potuto vedere il posto in cui mia madre è stata per qualche tempo, mi ha fatto piacere. Lo scopo in effetti era proprio questo," disse

Shōichi. "Insieme a mia cugina, sto visitando i posti con cui mia madre ha avuto qualche legame."

Più che una una bugia, un'abile presentazione dei fatti, pensai.

La signora Kojima, la schiena ben eretta, annuì.

"Le porgo le mie condoglianze. Ancora adesso il direttore parla spesso di loro, dice: Le due gemelle avevano un sistema di aiuto reciproco davvero straordinario. Ah, ho detto di nuovo 'il direttore'! Questa è una clinica dove vengono pochi giovani, e di solito le degenze sono lunghe, quindi non c'è un grande viavai di pazienti. Anche per questa ragione, loro hanno lasciato una forte impressione. E poi allora sia io che il direttore eravamo giovani."

Cosa? Allora questa donna apparteneva alla clinica e non era quella che aveva partecipato alla seduta spiritica. La mia memoria è davvero nel caos, pensai, non capisco più nulla. Eppure non provai paura, piuttosto la sensazione soave – e liberatoria – di scompormi in tanti pezzi e dissolvermi.

"Quando io sono venuta qui, com'erano le mie condizioni? Non mi ricordo bene," dissi per sondare.

"La mamma del signor Takahashi, dopo essere stata dimessa, non è più tornata, ma la sua mamma, signorina Yumiko, essendo amica del direttore, è venuta molte volte, spesso accompagnata anche da lei. Mentre loro due parlavano, lei si annoiava e andava a passeggiare in giardino, quindi non abbiamo avuto molte occasioni di comunicare, ma sembrava una ragazza molto intelligente, quindi ne ho conservato una forte impressione. Ormai è diventata grande," disse la signora Kojima sorridendo.

Quindi non sono mai stata ricoverata qui, pensai, turbata, guardando quella donna che non aveva affatto l'aria di mentire. Ma allora che cosa mi è successo, in quel periodo? Nessun ricordo affiorava alla mente, anzi la sensazione era che non ci fosse stato proprio nulla.

"Dopo l'incidente della sua mamma, il direttore era molto abbattuto," aggiunse la signora Kojima.

Che eufemismo! pensai. Mi veniva da ridere, ma proprio perché la relazione tra il direttore e mia madre era talmente evidente che nessuno ne era all'oscuro, tutti avevano difficoltà a parlarne. Anche perché le nostre madri erano le persone che in un certo senso avevano rovinato la vita al direttore della clinica.

Sì, era così. Dentro di me, ricordi dal sapore amaro cominciavano a poco a poco a riaffiorare. Storie sentite da mia madre a proposito di questo posto. Adesso le ricordavo in modo vivido.

Ricordai anche che mia madre mi aveva detto che c'era un'altra persona, anche lei paziente, con cui la Kojima si intratteneva piacevolmente, trattandola con familiarità, mentre con lei era fredda e cerimoniosa. Una cosa che l'aveva molto ferita.

La zia non era tipo da dare peso a cose del genere, anzi nemmeno le notava, ma la mamma diceva che lei non sopportava di essere tenuta così a distanza, come se avesse una malattia contagiosa, e questo sentimento doloroso le era rimasto dentro. Non posso più sopportare di essere guardata con quegli occhi, e di venire trattata con tanta superficialità: questi non sono rapporti tra esseri umani, pensava. E aveva sviluppato un vero e proprio odio per la giovane Kojima.

La mamma aveva sempre avuto una sensibilità morbosa.

"Mia madre, in confronto alla zia, le sembrava una persona con maggiori problemi?" chiesi. "Voglio dire, al punto di arrivare a fare quello che ha fatto?"

La signora Kojima inclinò la testa, incerta:

"Non è facile rispondere. Il fatto che non parlassero non sembrava metterle in difficoltà, dato che vivevano in un mondo tutto loro. Avevano una sensibilità talmente acuta da far pensare che a toccarle si sarebbero rotte. Naturalmente tra i nostri pazienti questo non è affatto raro, ma loro erano avvolte da un'atmosfera davvero elettrica, capace di deformare l'aria intorno. Forse non dovrei dirlo proprio a lei, signorina Yumiko, che ha vissuto la stessa esperienza e che adesso sta bene, ma penso che per chi subisce un trauma del genere nell'infanzia crescere senza problemi sia molto difficile.

"Anche se non parlavano, si sentiva che nelle vostre mamme albergava una sofferenza profonda, come se fossero sempre in guerra con qualcosa. Però nel profondo avevano una grande forza, e mantennero sempre chiusi i loro cuori, senza aprirsi con nessuno. Se devo essere sincera piano piano ho cominciato ad avere paura di loro.

"Quando, in seguito, ho saputo dell'incidente, la prima cosa che mi è venuta in mente, in tutta franchezza, mi perdoni, ma non è stata sua madre. Vede, signorina Yumiko, sua madre era sempre stata tranquilla, gentile, e aveva mostrato la sua parte più debole. La madre del signor Takahashi invece, non è bello dirlo, ma aveva la tendenza a manipolare le persone... così facendo riusciva a far litigare il direttore con gli infermieri; con questa tecnica, muoveva le persone come voleva. Per lei era un gioco che faceva per divertire la sua mamma. Possedeva un fascino che definirei carismatico. Io avevo talmente paura di lei che non riuscivo a guardarla negli occhi.

"Solo con sua madre, signorina Yumiko, era gentile e protettiva. Sua madre era come una bambina. Sembra strano mettere insieme le due cose, ma la mamma del signor Takahashi aveva un talento per proteggere e allevare e, scusi se mi permetto, vedendo adesso lei che è il figlio ne ho un'ulteriore riprova.

"Quando la madre del signor Takahashi si arrabbiava, non parlava più con nessuno e si chiudeva in se stessa, e questo rattristava la mamma della signorina Yumiko, che spesso tentava di mediare tra lei e gli altri. La madre del signor Takahashi ascoltava con attenzione solo quello che diceva la sorella. Con tutti gli altri era cinica e, più che comportarsi male, sembrava che le piacesse beffarsi delle persone."

Era strano che i racconti della mamma e l'impressione che mi dava quella clinica fossero tanto divergenti. Non immaginavo che fosse stata in un posto così serio, dove c'era una persona che osservava tutto con grande attenzione. Ogni volta che la mamma ne parlava, aveva sul viso un'espressione fissa che mi faceva paura.

Quando ero ancora piccola, capitava che tutt'a un tratto si mettesse a raccontare.

"Io e la zia una volta abbiamo vissuto in un luogo terribile. Era l'ospedale di quel signore anziano, mio amico, che anche tu vedi ogni tanto. Forse se non fossimo state lì le cose sarebbero andate anche peggio, ma il fatto di non essere libere era molto pesante. Quando qualcosa nel tempo o nella mia condizione fisica all'improvviso mi fa ricordare quel periodo, non posso fare a meno di parlarne, come adesso, ma poi mi accorgo che tutto il corpo si irrigidisce per la tensione."

I discorsi di mia madre erano sempre su questo tono.

"Era davvero un inferno. Poi, anche dopo essere uscite di lì, non avevamo più una casa... A turno mi assalivano un'irrequietezza che non mi dava pace, e una rassegnazione totale, e siccome anche se dormivo un poco facevo sogni spaventosi, non riuscivo nemmeno a riposare. E quando aspettavo il mattino a occhi aperti, sapevo che non mi avrebbe portato niente di piacevole. Dal mio cuscino si alzava l'odore acre della sofferenza, e la luce che entrava dalla finestra non mi era di nessun aiuto, serviva solo a ferire i miei occhi stanchi. Tutto il mio corpo gridava: Oh no, comincia un altro faticoso giorno di dipendenza dai farmaci.

"Ma la zia Atsuko, che avrebbe dovuto trovarsi nella stessa condizione, aveva sempre un viso fresco e sembrava in piena forma. Questa misteriosa forza della zia mi faceva davvero paura e, nonostante fossimo gemelle, me la rendeva molto lontana. Ancora adesso, se sogno di essere in quel posto, mi succede di alzarmi di scatto. Quando vedo che non ci sono grate alla finestra, tiro un sospiro di sollievo."

Mia madre continuava con questi discorsi quasi deliranti.

Io, pur spaventata dalla loro cupezza, l'ascoltavo. Ogni tanto la mamma si metteva a fare questi monologhi farneticanti, e io avevo la sensazione che si allontanasse da me. Ricordo anche che se in quei momenti le stringevo forte la mano, lei si liberava con naturalezza dalla stretta, ed era una cosa che mi rattristava molto.

E invece, pensai di nuovo, questo è un posto molto più tranquillo di quanto immaginassi. A quanto pare ci sono stata anch'io, e in fondo la stessa mamma in seguito ci è tornata, fosse pure per incontrare il direttore.

Il paesaggio interiore della mamma nel periodo in cui si trovava qui era agitato, la zia la proteggeva, e forse la spingeva a non aprire il cuore alle persone di qui. Può darsi che quando ero piccola i ricordi di questo posto fossero per lei ancora troppo vivi... dopo essere impazzita in un certo senso diventò più forte, e cercava intensamente quella forza opaca.

In quel momento mi accorsi che la signora Kojima stava piangendo. Poi mi strinse la mano.

Era la mano di una persona che lavora molto, ruvida, ma fluida nei movimenti. La metà inferiore del corpo era massiccia, e aveva molte rughe intorno agli occhi. Una normale signora di una certa età. Il tocco di una donna adulta che viveva la vita di tutti i giorni e si occupava degli altri non era una sensazione a me familiare.

"Riguardo a sua madre, ho sempre avuto tanti rimpianti. Anche se era stata dimessa, avrei dovuto parlarne col direttore, informarmi sulle sue condizioni, chiedergli se aveva ancora dei disturbi," disse la signora Kojima.

Avrei voluto dirle: No, sicuramente quando lei è venuta qui il seme era già stato piantato, era già troppo tardi... ma gli occhi mi si riempirono di lacrime che non sapevo spiegarmi, e non riuscii a parlare.

Shōichi restò in silenzio. Gli ero grata anche di quel silenzio. Visitare un posto che ha un legame con il nostro passato e piangere è troppo imbarazzante.

"Scusami, Shōichi. Fatti raccontare con calma della zia. Io faccio due passi in giardino," dissi alzandomi.

Avevo la strana sensazione di essere tornata bambina. Era persino strano, abbassando lo sguardo, vedere i miei piedi di donna adulta. Anche se gli anni aumentano, l'essenza non cambia.

"Va bene. In ogni caso questo viaggio è per te," disse Shōichi.

Che cugino educato, pensai ancora una volta.

Quando spinsi la pesante porta che dava sul giardino, riconobbi quella sensazione. Anch'io ero stata lì, e ricordai che la mamma mi aveva raccontato che l'unico scopo della sua vita non era la zia né il direttore, e naturalmente nemmeno la signora Kojima, ma le piante, le formiche e i bruchi di questo giardino.

Negli ultimi anni, la mamma era troppo occupata e aveva smesso di uscire anche nel giardino di casa nostra, ma quando era bambina quello era l'unico luogo in cui trovava pace. A me piaceva sentirla parlare di questo giardino. Erano racconti tristi, ma lasciavano affiorare la sua parte più dolce.

Lei osservava senza mai stancarsi quello che vi accadeva: il punto in cui il giorno prima era spuntato un germoglio che di colpo si gonfiava e tendeva ad aprirsi, un tralcio che si espandeva in tutte le direzioni, le formiche che trasportavano alacremente una briciola o che si riunivano numerose per caricarsi un insetto morto.

Lì dentro il tempo si dilatava, e poiché non c'era nessun sentimento ma solo vita, mia madre non aveva bisogno di guardare niente di superfluo. Quei momenti in cui poteva fare a meno di vedere anche la zia erano i suoi unici spazi di libertà, dato che mamma non aveva nessuna autonomia e viveva all'ombra della sorella. D'altra parte, da lei non poteva fuggire perché il legame tra loro era troppo stretto e persino i loro visi erano identici. Mia madre mi raccontava queste cose con un'espressione infantile sul viso. Nell'osservare i bruchi che ogni giorno mangiavano, divoravano tutto, diventando sempre più grossi, cominciai a pensare che anch'io potevo farcela a vivere, diceva. I bruchi ogni giorno si spostavano, crescevano, mutavano. Il cielo e le nuvole, troppo grandi per la sua mente indebolita di quel periodo, non riusciva a vederli. La mamma diceva spesso che solo il contorcersi di quei piccoli esseri le accendeva una luce nel cuore. Per questo anche nel giardino di casa nostra aveva insistito per non fare costruire troppo, affinché fosse possibile vedere le piante crescere e appassire nel modo più naturale possibile, e osservare tutte le creature che lo popolavano. In effetti, ricordo che nel periodo in cui la casa era appena stata costruita, la mamma, infilato in testa un cappello, usciva spesso in giardino a passeggiare, e che anch'io camminavo con lei.

Quel suo stato d'animo, sebbene un po' esasperato, riuscivo ancora a capirlo. Di sicuro mi sentivo più vicina allo spirito fragile e delicato di quei giorni che a quello della mamma degli ultimi anni. Il fatto che ci fosse stato un tempo in cui la mamma era affascinata dalla piccola vita del giardino mi era di grande conforto.

Aspirai a fondo l'aria del giardino.

"Eccomi, sono tornata. Grazie di avere aiutato mia mamma, tanto tempo fa. Non ho parole per esprimere la mia gratitudine. Fra le tante storie che lei mi ha raccontato, le più importanti riguardano questo giardino. E le uniche volte in cui lei mi ha mostrato la sua debolezza, è stato quando parlava di questo luogo," sussurrai.

Ma il giardino si limitò a mostrare il suo lavoro che continuava meticoloso anche quel giorno. Era comunque già un privilegio poter stare lì ad assistere ai tanti piccoli spettacoli che vi si svolgevano. Alcune foglie cominciavano a colorarsi, i pruni sembravano quasi secchi ma in realtà già preparavano in segreto i boccioli. Anche un grande ciliegio che in primavera si sarebbe riempito di fiori allungava i rami accumulando energie.

Lì c'era un brulicare di vita perenne. E sebbene io non ne fossi cosciente, sicuramente anche dentro di me accadeva la stessa cosa, e forse proprio perché il giardino me ne offriva l'immagine riflessa, in quel posto mi sentivo a mio agio. Mi sembrava persino, superando le barriere del tempo, di essere unita a mia madre, e questo mi dava una sensazione struggente. Un leggero calore emanava da questa fantasia, e pensai a come sarebbe stato bello se avessi potuto sentirla così vicina mentre lei era in vita.

Avrei voluto poter restare lì all'infinito, ma mi voltai e attraverso la finestra vidi Shōichi e la signora Kojima che parlavano.

Il fatto che adesso ci fosse qualcuno con me mi dava un senso di tranquillità: di solito mi muovevo sempre da sola. È bello, pensai, poter comunicare subito le cose, anche le più insignificanti, alla persona che si ha vicino.

Da lì a poco noi due, tornando a casa un po' trasognati, incuranti di interessi e strategie, in cerca di un caffè caldo e di un dolce saremmo andati in un bar dove si sarebbe ripetuto quell'alternarsi di chiacchiere e silenzi. In un ambiente caldo e accogliente.

Questo pensiero bastava a darmi sollievo. Il senso di pena che mi aveva trasmesso quel luogo era completamente svanito.

Nuovi ricordi si sovrapponevano ai racconti dolorosi di mia madre e ai ricordi incerti del periodo che avevo trascorso lì dentro, e il passato cominciava un poco a cambiare.

Grazie a questo riuscii a sentirmi più serena. Come una bambina piccola capace di creare un anello da un filo d'erba, ero riuscita a creare una giornata da una sensazione piacevole. Ero riuscita a fare un bel sogno.

"Shōichi, come mai sei così gentile?" gli chiesi quando, usciti dalla clinica, cominciammo a camminare. "Mi hai portato lì nonostante la visita dovesse essere più scioccante per te che per me, dato che io ricordo così poco. E malgrado questo, hai sempre continuato a essere gentile. Scusami. L'immagine della zia è di nuovo leggermente cambiata per me. Pensavo che fosse una persona forte, ma adesso so che aveva avuto anche una fase cupa e bizzarra."

Verso sera, le strade di quel quartiere residenziale erano quasi deserte. In una zona così lussuosa, è raro vedere casalinghe che escono a piedi a fare la spesa. Anche i bambini probabilmente erano tornati a casa già da un po' e stavano facendo i compiti tranquilli o giocando. Nonostante regnasse il silenzio, in quelle case si percepiva il calore della vita dei loro abitanti.

"È normale che io sia gentile, visto che questo viaggio è dedicato a te. Riguardo a mia madre, le persone hanno caratteri e fasi diverse. Proprio perché mia madre era una donna forte, come dici tu, è facile immaginare che da ragazza abbia avuto un periodo complicato," disse Shōichi. Quindi rise. "Però non immaginavo fino a questo punto. È stato un vero choc. Descritta così, sembrava davvero una persona cattiva."

"Sapere non è mai un male. In fondo era un essere umano, è stata giovane anche lei, e il carattere di ognuno ha tante sfaccettature. E poi devi capire che a te ha voluto mostrare la sua parte migliore," dissi. "In ogni caso grazie, Shōichi. Se tu fossi così gentile anche con la tua ragazza o con tua moglie, quanto sarebbero felici! E sicuramente ti ripagherebbero allo stesso modo," dissi.

"Peccato però che in realtà non sia così," disse Shōichi. "Non si può essere gentili sempre, e poi normalmente c'è il lavoro."

"Sì, certo, lo so bene," dissi. "Mia madre mi diceva che quando era in quella clinica, a un certo punto, non riuscendo più a esprimere le sue emozioni all'esterno, per lei parole, azioni, pensieri erano completamente scollegati. Io me ne ero completamente dimenticata, ma c'era stato anche un tempo in cui lei aveva cercato di dividere il suo passato difficile con me. Oggi mi sono ricordata dopo anni e anni tante cose che mi aveva detto quando stava ancora bene. Anche solo questo per me è già molto e ne sono davvero contenta."

"Allora è valsa la pena di andarci. E poi, hai sentito? La signora Kojima ha detto che anche mia madre era così. Loro due, mentre erano lì, non parlavano quasi con nessun altro. Ma anche in quelle circostanze, mia madre da diversi punti di vista era la più abile, la più forte di tutti. Insomma, era un personaggio incredibile. Anche se in fondo un poco lo sospettavo," disse Shōichi.

"Sono convinta che mentre era lì, la zia deve avere desiderato con forza, una volta fuori, di diventare una persona buona. Si era stancata di essere cattiva. Forse la zia, compiuto un ciclo, si deve essere resa conto che avere il potere è noioso. E invece mia madre, essendo gelosa di lei e provando invidia, voleva acquisire il suo stesso potere," dissi.

"Perché tua madre aspirava a una cosa del genere?" chiese Shōichi. "Naturalmente, non riesco a immaginare con chiarezza come fosse allora mia madre."

"Mah, ognuno ha un suo modo di elaborare le proprie

esperienze, e anche la zia avrà tentato di farlo al meglio. Penso che mia madre sia stata semplicemente attirata dal potere," dissi.

Shōichi annuì e rispose:

"L'essere umano ogni giorno prova una grande varietà di emozioni. A volte qualcuno è irritabile e visto dal fuori può sembrare strano, ma, a guardare bene, in fondo è un'ottima persona, no? Non mi pare che di solito alle persone sia richiesta tanta coerenza. E invece, a maggior ragione, la coerenza è necessaria, anche se uno non ne è cosciente. Le persone forti non sono sempre forti. Io conosco tanti aspetti deboli di mia madre."

"Se è così, forse anch'io sto chiedendo a me stessa troppa coerenza. Secondo me la zia era una persona forte di natura, ma aveva trovato una serenità tale da poter mostrare la sua debolezza alla famiglia. Non esistono persone che non abbiano contraddizioni. Mia madre, per quanto ne so, è stata fin troppo coerente, in senso negativo," dissi.

"Non è per questo che è successo quel che è successo? Ha voluto strafare. L'immagine che ho di tua madre è quella di un ramo troppo rigido che non si piega. Oppure di un tronco che non si sposta né se lo spingi né se lo tiri. Mia madre invece, pur essendo una persona normale, ha conservato fino alla fine qualche lato da strega. Evidentemente nascondeva qualcosa," disse Shōichi.

"Mia madre anche dopo non ha fatto altro che diventare più rigida," dissi.

"Allora tu devi cercare di diventare più morbida," disse lui.

"Ormai è troppo tardi," gli risposi.

Non so perché mi sia uscita di bocca una frase così triste, però la pronunciai. Nel sentirla Shōichi fece una faccia così malinconica che mi pentii un po' e rimasi sorpresa dalle mie stesse parole. Forse perché era l'ora in cui le nostre ombre cominciavano a confondersi con l'oscurità.

"Perché dici una cosa del genere? Non è tardi, non è affatto tardi, visto che sei qui," disse Shōichi.

In silenzio intrecciai il braccio al suo, e continuai a camminare appoggiandomi a lui. Dopo avere ascoltato le sue parole, mi ero sentita debole al punto da non potermi reggere in piedi da sola. La strada fino al parcheggio era molto lunga e avevo la sensazione di camminare senza scopo, confusa e inerte, come in un brutto sogno, o di essere immersa in acque profonde dalle quali non potevo uscire per quanto mi agitassi... Questa è la sensazione che si prova dopo aver affrontato il passato, pensai. Sapevo che avrei superato anche questo momento, non era così terribile, ma il fatto che il braccio di Shōichi fosse caldo come quello di un eterno amante o di un genitore mi faceva sentire ancora più debole.

"Comunque mi ha fatto piacere che si trattasse di un istituto più serio e umano di quanto credessi. Un tempo pensavo che fosse un luogo disumano in cui un direttore orribile e degli infermieri perfidi tenevano segregati i pazienti ammalati di ricchezza."

"Addirittura," disse Shōichi ridendo di gusto.

"Sai, da mia madre ne ho sempre sentito parlare male, e poi il direttore ha avuto quella lunga relazione con lei. Probabilmente le ha dato anche tanti soldi. Mio padre intanto faceva finta di non accorgersi di niente. Quell'atmosfera non poteva che sembrarmi orribile," dissi.

"Ma andandoci oggi non abbiamo visto niente di tutto questo."

"Vero? Per questo mi sono stupita del fatto che fosse una clinica più normale di quanto pensassi. Forse vuol dire che sono diventata più matura."

"E poi il direttore pare non ci sia più."

"Se ci fosse stato, credo che lo avrei strozzato," risi. "Avevo un rifiuto fisiologico per lui. Ero moralista a quei tempi. Ed ero molto attaccata a mio padre."

"Forse, se lo vedessi adesso, sarebbe un innocuo, anziano signore. In quei luoghi, le persone che hanno il potere appaiono smisuratamente grandi," disse Shōichi.

"Sì, può darsi. Comunque non importa. Probabilmente lui e la mamma, a modo loro, avevano una relazione seria, e papà era debole, e completamente succube di lei... insomma tutti erano schiavi della mamma. Da quanto abbiamo sentito oggi, la vera cattiva era la zia, ma una volta che loro sono uscite di lì, nel mondo della realtà, la mamma e la zia si sono scambiate i ruoli. Lì fuori le cose non erano affatto così facili e la zia, saggiamente, se ne era resa conto. Era solo nell'ambiente di quella piccola clinica che poteva fare la strega. Ma che importa ora? Sono tutte cose passate."

Mentre camminavamo parlando così, arrivammo vicino alla stazione, dove c'era più gente. Passando il tempo così, provai l'illusione di avere sempre vissuto – e che sempre avrei vissuto – in quel modo. Capivo che era un'illusione, ma ero felice.

"Io non avevo intenzione di idealizzare mia madre, e immaginavo che potesse avere dei lati oscuri, ma deve avere esercitato una notevole pressione sulla tua, vero?" disse Shōichi.

"Forse, proprio perché aveva vissuto quella fase fino in fondo e ne era uscita, non è arrivata al punto di uccidere delle persone come ha fatto mia madre. Se si cresce in una strana famiglia e si vedono le persone morire, qualcuno ne subisce le conseguenze," dissi.

"Non so come fai a parlare con tanta serenità di cose così terribili. E poi, a proposito di chi subisce le conseguenze, non è proprio il tuo caso?" disse Shōichi.

"Parlo così perché sono stupida. Io davvero penso che quando una cosa è successa, non c'è niente da fare. Se c'è qualche squilibrio, prima o poi si manifesterà da qualche parte nella vita reale. Non mi piace ammetterlo, ma la mamma verso la fine era andata completamente fuori di testa. Se uno non è pazzo non si mette ad ammazzare la gente," dissi.

"Non sei stupida per niente. Sei una persona gentile, che si porta addosso da tanto tempo un peso troppo grande. Capire ti porta a essere troppo comprensiva," disse Shōichi. "Stando un po' insieme, finalmente ho realizzato perché mia madre si era pentita e si preoccupava per te."

"Per me ormai non importa più, sono un caso irrecuperabile. A proposito, dove dormiamo oggi?" chiesi.

"A Shibuya," disse Shōichi.

"È un albergo grande? C'è una lounge?" chiesi.

"Mi pare proprio di sì," disse lui.

"Ah, che bello. Prendiamo lì il tè. Adoro le lounge degli alberghi. In qualunque paese, puoi entrare liberamente e osservare un sacco di persone," dissi io.

"Mi fa piacere vederti sorridere," disse Shōichi.

"Sai, ci sono anche momenti in cui vorrei lasciarmi andare alla tristezza, ma ora mi sembrerebbe di sciupare il tempo. Piangendo, ogni giorno si scoprono tante cose, dà una sensazione di freschezza. Adesso, siccome sono protetta dalla tua efficienza, non ho bisogno di pensare ad altro," dissi.

"Tu hai un talento per sconfiggere la tristezza," disse lui.

"Ho un talento per imbrogliare," risi.

"No, sei una strega della felicità," disse Shōichi serio.

Ne fui contenta.

La sera, dopo cena, mentre riposavamo ognuno nella propria stanza, ricevetti una telefonata da Shōichi. Mi disse che era arrivata una mail indirizzata a me da parte dell'ex direttore, ora consulente della clinica, tramite il biglietto da visita lasciato da Shōichi.

Lo raggiunsi, e mentre leggevo la mail nella sua stanza, pensai che durante la nostra visita probabilmente il direttore era lì ma, avendo paura di incontrarmi, aveva chiesto alla Kojima di riceverci al suo posto.

"Nella mia mente lei è ancora una bambina.
"Se penso a lei, sento tutta la mia inadeguatezza, ma sappia che l'ho sempre avuta nel cuore. Quando ho sentito della sua visita, ho provato una forte emozione.
"So che non dovrei dirlo, ma a modo mio volevo molto bene a sua mamma. E per questa ragione ho sofferto tanto. Quello che è successo ha inciso profondamente anche sulla mia vita. Meno che mai dovrei dire questo, ma ancora oggi, a volte, provo un fortissimo desiderio di vedere sua madre.
"Ho sentito dalla signora Kojima che lei ormai è una donna adulta e in gamba. Saperlo mi ha fatto tanto piacere.
"Abbia cura di sé."

Questo era il contenuto della mail.
Non c'è niente da fare, detesto quest'uomo, pensai. La sua unica preoccupazione è proteggere la propria routine. Rischiare il meno possibile. Ma non posso perdonargli di aver vissuto così a lungo come se mia madre non fosse mai esistita, come se niente fosse accaduto.
"Ecco perché detesto quest'uomo," dissi piena di rancore.
Shōichi disse sorpreso:
"A me sembra una mail normale".
"Certo, se non fosse normale non potrebbe gestire una clinica. Però scusa, per un medico mettere le mani su una paziente è una cosa orribile, come trovo orribile il fatto che incontrasse la sua amante prendendo gli appuntamenti nell'orario di lavoro. Questo è sufficiente per disprezzarlo."
"Hai ragione... tutto questo è tipico di quell'ambiente di ricchi sempre pieni di impegni, senza un attimo di tempo," disse Shōichi. "Dopotutto, la clinica è una specie di rifugio per ricchi a cui succedono cose spiacevoli. Immagino che

non esista certo per svolgere qualche missione sociale. Quando parli di questo argomento, ritorni di colpo bambina, e devo confessare che mi fai tenerezza. Hai l'indignazione di una bambina."

Poiché Shōichi rideva, mi vergognai un po'.

"Hai ragione, da questo punto di vista è come se il tempo per me si fosse fermato. Ma scusa, chi era in una posizione tale da potere aiutare la mamma, a parte me e mio padre, doveva essere quest'uomo, no? Non è uno specialista della psiche? E invece non è stato capace di fare niente. Forse è per questo che ce l'ho con lui," dissi. "E poi, dato che tutti sono morti, lui è l'unico per cui provare rancore. I miei zii non riesco a odiarli fino in fondo: sono stati anche loro vittime, dato che mia madre ha tentato di ucciderli. Perciò non ho altri su cui sfogarmi."

Feci una risatina, ma anche se ridevo, mi restava dell'amarezza. Come se il senso di oppressione provato dalla mamma e dalla zia quando erano chiuse lì dentro, senza che me ne accorgessi, si fosse trasferito su di me.

Tuttavia, dopo aver lasciato quel posto, mentre mangiavo una cena frugale nella lobby dell'albergo, bevevo il tè, guardavo la gente e assaggiavo qualche dolce, il mio umore era molto più leggero.

"Grazie di avermi fatto leggere la mail. Ora torno in camera. Oggi mi sono stancata, vorrei dormire presto. Domani andiamo alla mia vecchia casa, giusto?" dissi. "Adesso farò un bel bagno con tanta schiuma, voglio gustarmi il piacere di dormire in un albergo di lusso."

"Perché non resti ancora po'?" disse Shōichi.

Cosa? pensai sorpresa.

"Come mai?" chiesi.

"Perché mi sembri un po' malinconica," disse Shōichi.

Cosa? Cosa? pensai ancora più sorpresa.

"Povera me," dissi, "Anche se normalmente in questi casi la battuta non dovrebbe essere 'povera me'."

"Forse perché sei abituata ad avere una parte nella commedie con un copione ben scritto," disse Shōichi.

Quest'uomo è troppo intelligente, mi fa rabbia, pensai.

"Non ho secondi fini, tranquilla, Volevo solo chiacchierare un altro po'. Forse quello malinconico sono io."

"Va bene allora," dissi, e tornai a sedermi.

"Oggi ho pensato che in realtà tu non hai mai vissuto in quella clinica. Anche se forse ci sei andata," disse Shōichi.

"Ah, lo pensi anche tu? Io sono arrivata alla stessa conclusione," dissi.

"Come dire, ho avuto questa sensazione da come ti muovevi. Non avevi l'atteggiamento di una persona che ha vissuto in quel posto," disse Shōichi.

"Come fai a capire una cosa del genere?" chiesi.

"Perché ho praticato arti marziali. Ho imparato molte cose su come si muovono le persone."

"Allora come ti spieghi che conosco quel posto e la signora Kojima?" chiesi, confusa. "Che i miei ricordi siano nebulosi è certo, ma pensavo che fosse perché quando ero lì ero imbottita di psicofarmaci."

"Non dico che tu non ci sia mai andata," disse Shōichi. "Penso che, come ha detto la signora Kojima, devi esserci andata per forza perché tua madre aveva una relazione con il direttore. E non ho avuto nemmeno la sensazione che la Kojima mentisse. Solo che non hai mai vissuto lì."

"Forse la mia memoria confonde i diversi ricordi," dissi. "Pazienza."

Shōichi scoppiò in una risatina.

"Perché rinunci così? Non è il punto più importante?"

"Più di qualsiasi cosa è importante quello che adesso ho davanti. Se andasse bene questo, al resto non farei troppo caso. Non posso prendere tutto sul serio, o non la finirei più," sorrisi. "E tu? Ti sei ripreso dallo choc dopo aver sentito i racconti sulla zia?"

"Sì, era un'immagine di mia madre molto diversa da quella che conoscevo, ma in fondo un poco lo immaginavo," disse lui.

"Le persone possono cambiare per colpa delle circostanze," dissi. "Anche se era una delle streghe gemelle, al momento di morire era una buona madre. È una cosa bella…"

"Questo è talmente vero che ogni volta che lo sento non so mai cosa dire," disse Shōichi. "Mi dispiace veramente che ti abbiamo lasciata sola per così tanto tempo."

"Tu non hai nessuna colpa," dissi.

"Però penso davvero di avere commesso una mancanza irreparabile. Perché anch'io avrei potuto fare qualcosa. Non sono molto diverso da quel direttore. Per troppo tempo ho pensato a te e a tutti i tuoi problemi come a qualcosa che non mi riguardasse," disse Shōichi.

"Se è così, allora che ne diresti di sposarmi subito, e mettere su una bella famiglia con me? Vorrei avere tre bambini," dissi.

"Va bene," disse Shōichi. "Mi sono comportato talmente male che questo sarebbe il minimo."

"Non esagerare," dissi ridendo. "Ormai è tutto finito. Davvero non si può fare più niente."

"Io non lo sapevo," disse Shōichi. "Mi ero fatto l'idea che tu fossi stata adottata da qualche parente e che vivessi una vita sicura e agiata. Forse mi faceva comodo pensare così. Ne ero convinto anche per il fatto che il Konamiya aveva un successo stabile. In realtà mia madre non pensava così. Perciò aveva continui rimorsi nei tuoi confronti. E penso che oggi devo colmare questa lacuna. Se tu non sei contenta di come vivi, questo non può non avere ripercussioni su me e mia madre. La vita in questo è implacabile. Non sono cose che non mi riguardano. Non quando si sono condivisi momenti come è successo a noi quel giorno, nel giardino. Me ne sono ricordato spesso. Anche se da allora non ci siamo più incontrati."

"Anch'io me ne ricordo. Guarda," dissi, tirando fuori dalla borsa un sacchetto. "È una statuetta che ho trovato quel giorno in giardino, una specie di *kappa*."

L'avevo avvolta in una pezza di seta e messa in un sacchetto di tessuto che portavo sempre con me. Il *kappa* è seduto, con la testa inclinata, si tiene le ginocchia e ha gli occhi grandi e una specie di becco.

È stata trovata in Cina, mi aveva spiegato la zia. L'aveva ricevuta da un commerciante cinese che era stato suo maestro di magia, ma l'aveva persa e ne era molto rattristata. Io l'avevo trovata in un angolo del giardino, e quando gliela avevo portata, lei aveva detto sorridendo:

"Questo è un oggetto a cui tenevo molto. Ti ringrazio di averlo trovato. Forse questa statuetta voleva venire da te. Potresti custodirla tu? Se la terrai, ti accadranno molte cose belle. Siccome è sporca di terra, vado un attimo a pulirla."

Poi la zia la lucidò per bene e vi infilò dentro un biglietto con i suoi recapiti.

Io l'avevo sempre conservata con cura. Poi la mia vita si complicò in modo terribile e non tirai mai fuori il biglietto né contattai la zia, ma continuai a custodirla come qualcosa di prezioso. La lucidavo spesso perché non si arrugginisse, e nonostante fosse abbastanza pesante (anche se non sembrava), la portavo sempre con me nella borsa dovunque andassi, e quando dormivo in luoghi a me estranei la mettevo accanto al cuscino.

"Anche mia madre diceva un po' di stupidaggini," disse Shōichi. "Quando tu l'hai trovata e lei ti ha tanto lodato, sono stato terribilmente invidioso. Ma quando tu, che non mostravi mai le tue emozioni, hai sorriso felice, nel mio cuore di bambino ho sentito di dovertela cedere."

"Ah, ah, è vero. Tu che avevi tutto, dovevi cedere almeno questa a me che non avevo niente. Però, Shōichi, magari te la restituisco. Anche perché è un oggetto legato alla memoria di tua madre. Siccome è stato il mio talismano per tanto tempo, non ne ho più bisogno," dissi.

"No, tienila, ormai è tua da troppi anni. E poi era solo da piccolo che te la invidiavo," disse Shōichi.

Io intanto stavo pensando a un'altra cosa.

Se dal giorno in cui erano morti i miei genitori non ero stata in quella clinica, allora *dove* ero stata?

"Shōichi, quanti anni fa c'è stato quell'incidente? Io quanti anni avevo?" chiesi.

"Credo che avessi tredici o quattordici anni. Di recente ho riguardato i giornali dell'epoca, quindi ne sono abbastanza sicuro. Ricordo anche che dopo è stato terribile, mia madre era in preda alla depressione e non si alzava più dal letto," disse Shōichi. "La tormentava il pensiero che se fosse stata presente avrebbe potuto fare qualcosa, ma le persone attorno a lei continuavano a ripeterle: se fossi stata coinvolta saresti morta anche tu, ringrazia di essere ancora viva. In ogni caso, da allora la sua vita cambiò in modo drastico. Cominciò a dedicarsi sempre di più alla famiglia e alle cose di tutti i giorni e continuò, con lo stesso impegno, anche dopo la morte di mio padre."

"Ah, sì... avevo quattordici anni?" dissi.

"Quell'amico di Firenze che ti aiuta, da quanti anni lo conosci?"

"Da quando avevo più o meno dieci anni," dissi. "Siamo entrati in contatto con la sua famiglia grazie a una persona con cui la nonna aveva fatto amicizia nel periodo in cui era a Torino. Quando io avevo dieci anni e lui diciotto, è stato il mio primo amore. Fu un colpo di fulmine per entrambi, anche se io ero ancora bambina. Anche adesso lui continua come sempre ad aiutarmi. È ricco ma è una persona riservata, e non credo che abbia relazioni con altre donne, se non di puro divertimento, e non si è sposato. Per me è come una persona di famiglia o un tutore.

"La sua è una famiglia facoltosa, che possiede una grande azienda agricola di ulivi. Io li considero dei parenti. Ma soprattutto, quando vado in Italia, posso respirare. Dato che è in campagna, sembra che il tempo non passi e non cambi nulla. È una casa a cui mi sono affezionata più della mia, ed è circondata dalla natura."

"Capisco," disse Shōichi.

"Quando è avvenuto l'incidente, il giorno seguente sarei dovuta partire, approfittando delle vacanze estive, per andare a stare per la prima volta da sola a casa sua. Ero tanto felice di questo viaggio, ma la gioia fu bruscamente distrutta. Sì, credo che sia stato allora. Poi forse lui è venuto a trovarmi, ma non ricordo bene, e con lui di quel periodo non abbiamo mai parlato," dissi.

"Sarebbe bello pensare che non sia mai accaduto," disse Shōichi. "Chissà, forse sarebbe stato meglio se non fossi venuto all'improvviso dopo tanto tempo e ti avessi lasciato in pace."

"Non so neanch'io, ma forse è una cosa che prima o poi avrei dovuto affrontare, quindi penso sia stato un bene. Piango molto, e a volte soffro, però non sono sola. E anche per te, Shōichi, che hai perso tua madre, può darsi che questi siano giorni importanti," dissi.

In realtà, del giorno dell'incidente io non ricordavo quasi niente.

Probabilmente ero nella mia stanza al primo piano che facevo i bagagli. Dal piano di sotto giungevano voci di persone che parlavano. La voce della cameriera, di mia madre e di mio zio. Le sedute spiritiche si svolgevano nella sala da pranzo della nostra grande casa e si tenevano una volta ogni tre o sei mesi, al termine di vari preparativi. Si illuminava la stanza solo con la luce delle candele, e poi venivano evocate le persone legate ai partecipanti. A me tutte quelle cose sembravano non solo tetre ma ridicole, non credevo agli spiriti e non sopportavo mia madre, l'organizzatrice di tutto questo, che più del solito si dava arie misteriose, si vestiva di nero e assumeva un atteggiamento arrogante e altezzoso. Detestavo anche il comportamento di mio padre, che non aveva questo genere di poteri e in teoria avrebbe dovuto essere normale, e invece era completamente succube di mia madre.

Nel Konamiya di allora accadeva spesso che gli acquisti fossero influenzati dai messaggi occulti ricevuti durante le sedute, e in effetti, siccome gli affari andavano bene, nessuno se ne lamentava. L'atmosfera era questa.

Però a me, che ero appena entrata nell'adolescenza e avevo uno spiccato senso della realtà, vedere loro che mettevano in fila sul tavolo i campioni di nuovi prodotti e chiedevano seriamente agli spiriti quali importare, come in una riunione di affari, sembrava penoso.

Quel giorno ci fu un violento temporale estivo. Di questo sono certa.

Il rumore del portone d'ingresso che si apriva e si chiudeva e i passi della cameriera che correva indaffarata preparando il tè mi giungevano nella stanza mischiati al battere della pioggia. Poi finalmente la porta della stanza si chiuse e scese il silenzio. Stanca per aver preparato i bagagli, mi ero assopita sul letto, quando fui svegliata da urla terribili. Pensai che, come era successo ai tempi della nonna, di cui avevo sentito la storia, nell'evocare gli spiriti qualcuno fosse impazzito. Ebbi paura e chiusi a chiave la porta della mia camera. Pensai di restare lì in silenzio finché non fosse tornata la calma. Non mi venne proprio in mente di chiamare la polizia, e comunque a quel tempo non avevo il cellulare, e in camera mia non c'era il telefono. Tremavo cercando di capire cosa fosse avvenuto.

Quello che ricordo dopo è un lampo argentato... una stanza molto abbagliante. Ma non riesco a ricordarlo chiaramente. Mi hanno portato in ospedale, pensai. Probabilmente urlavo e tremavo, incapace di controllarmi.

"Nello spazio di una notte la mia vita era completamente cambiata," dissi con il sentimento di stupore di una bambina piccola. "Che i miei genitori fossero usciti fuori di testa l'avevo capito, ma non immaginavo che si potesse arrivare a quel punto."

"Tu non hai nessuna colpa," disse Shōichi.

"Dillo di nuovo," dissi io. "Probabilmente me lo avranno detto tutti, ma se l'hanno fatto non me ne ricordo."

"Tu non hai nessuna colpa," ripeté Shōichi.

"Grazie," dissi.

Mi venne spontaneo un sorriso, e mi appoggiai a Shōichi. Lui mi cinse la spalla con il braccio.

"L'unica cosa che mi angoscia è la persona che mia madre ha accoltellato alla gola," dissi. "La cameriera pare sia fuggita, mentre gli zii sono vivi e ci hanno anche guadagnato, ma cosa ne sarà stato di quell'altra persona? Temo che sia impazzita o si sia uccisa."

Dopo qualche istante di silenzio, sentii la voce di Shōichi, ovattata, attraverso la spalla e l'orecchio, dire:

"Ho verificato dove si trova, con l'aiuto di un investigatore".

Sorpresa, sollevai il viso.

"Perché?"

"Ho pensato che potesse servirci durante questo viaggio, quindi mi sono procurato l'informazione," disse Shōichi. "Vuoi andare a incontrarla?"

"Come mai mi hai tenuto nascosto questo jolly?" risi.

"È solo che, volevo andare per gradi," disse lui.

"Cose del genere, di solito, mi danno fastidio perché mi sento controllata, ma questa volta mi fa piacere, anzi ti sono veramente grata. Cosa fa questa persona?" dissi.

"La pranoterapeuta, la guaritrice... qualcosa del genere," disse Shōichi.

"Non si è allontanata tanto dalle sedute spiritiche! Non dovrei dirlo, ma sembra che la lezione non le sia bastata," dissi.

"Magari è proprio per questo che aveva partecipato a quella assurda riunione: è una persona che non impara le lezioni," disse Shōichi.

"Ho paura, ma forse è meglio se la incontro, sento di doverlo fare. Vorrei anche in qualche modo chiederle scusa," dissi.

"Ma tu non hai nessuna colpa, te l'ho già detto," rise Shōichi.

Mentre sentivo le parole di Shōichi appoggiata alla sua spalla, cominciai a convincermi che era davvero così. Fuori dalla finestra il paesaggio notturno di Shibuya appariva come un groviglio confuso di luci. Le tende pesanti e spesse, mai mosse dal vento perché le finestre non si aprivano, proiettavano un'ombra densa nella stanza.

Non va bene che mi affidi così a Shōichi, finirò per diventare ancora più fragile, pensai.

"Perché ti sto così appiccicato?" chiese Shōichi.

"Perché siamo cugini," risposi. "E poi adesso non è questo il problema. Sto pensando. Mi chiedo che tipo di persona sarà, e se accetterà di incontrarci."

"Proviamo ad andare? Però se le diciamo il motivo, forse rifiuterà di vederci. Meglio prendere un appuntamento da normali clienti. Poi, una volta lì, ci scusiamo e proviamo a parlarle. Che ne dici?" disse Shōichi. "Anzi no, penso sia meglio dirle la verità dall'inizio. Poi, se proprio dovesse rifiutare di vederci, pazienza, ci ritireremo in buon ordine."

"Anch'io la penso così. Non è giusto ingannare una persona che ha subìto un'esperienza del genere. Se dicesse che non vuole incontrarci, sarebbe comprensibile, per cui non ci rimarrò male. Però per frequentare quelle riunioni, non è da escludere che sia una persona strana. Non ha un sito internet?" chiesi,

"Ce l'ha. L'ho già visto. Aspetta un attimo," disse Shōichi.

Prese il suo portatile e tornò a sedersi accanto a me.

"È lei," disse.

Il nome della persona che mia madre aveva accoltellato alla gola era Kuma Miyoko.

Fino a quel momento non avevo saputo nemmeno come si chiamasse.

Lessi il suo nome con uno strano stato d'animo e una certa commozione. Era il nome di una persona a cui ero fatalmente legata, con la quale avevo qualcosa in comune, e che probabilmente non aveva nessuna voglia di ricordarsi di me.

Guardai la sua piccola foto. Aveva una pettinatura fuori moda, con un taglio scalato, la carnagione bianca e gli occhi sottili: una donna dall'aspetto gentile. Non aveva niente di cupo. E da sotto la maglia dolcevita si intravedeva una ferita rossa. Si capiva che non era una voglia. Non appena la vidi, sentii una fitta al cuore inaspettatamente acuta.

"Però non sembra così male. Ha l'aria di una persona sincera. Ma forse è la foto," dissi.

"Anche se leggi quello che ha scritto, non è niente male. Niente di occulto né morboso né complicato. Anzi, direi che è tutto abbastanza logico," disse Shōichi.

"Proviamo ad andare," dissi io. "Sono sull'onda del 'provare tutto'."

"Allora scrivo una mail," disse Shōichi.

"Adesso però me ne vado davvero," dissi. "Mi è venuto sonno."

"Mi fai vedere di nuovo quella specie di *kappa*?" chiese Shōichi.

"Certo."

Tirai fuori dal sacchetto la statuetta e la misi sul tavolo.

Aveva un atteggiamento carino, come se si vergognasse a farsi vedere dalla gente. Anche il foglietto giallo che si vedeva nella bocca mi era molto familiare. Ormai era diventato un ricordo della zia.

Shōichi la posò sul palmo della mano e mentre la osservava pianse un po'. Comprendendo la sua emozione, restai seduta in silenzio. Quando lui, asciugate le lacrime, me la restituì, sorrisi.

"Buonanotte," dissi alzandomi.

"Grazie," disse Shōichi. "Ero venuto per aiutarti, e invece sei tu a consolare me."

"Shōichi, grazie a te, alla tua presenza, le mie angosce si sono almeno un poco attenuate, e io di questo sono felice, dico sul serio. Per pigrizia avevo lasciato tutto com'era, così avevo finito per pensare che non mi importasse più di nulla, ma in realtà non era vero, avevo solo mentito a me stessa."

Naturalmente sapevo quanto era profonda la sua tristezza, e che si stava dando da fare soprattutto per compiere un dovere nei confronti di sua madre: questo era un aspetto del viaggio che stavamo facendo insieme. E tuttavia il fatto che qualcuno si comportasse con me usandomi tante premure mi dava una gioia inimmaginabile.

"E poi sono felice anche di poter essere io, che conoscevo la zia, a consolarti in questo periodo. Soprattutto, non avevo mai pensato di poter aiutare qualcuno semplicemente standogli vicino. Tranne quando ero bambina, mi è sempre parso di essere solo una fonte di fastidio per gli altri."

Shōichi annuì in silenzio, con un'aria infantile.

Gli augurai la buonanotte e uscii dalla stanza.

Abituata ad andare a letto tardi, feci tutto con calma: prima un lungo bagno, poi guardai in tv i programmi della notte bevendo una birra, fino a che non mi feci trascinare dal sonno.

La mattina mi svegliò una luce abbagliante; ovviamente non feci colazione, ma preparai il caffè istantaneo disponibile in camera, e mentre lo stavo bevendo squillò il telefono. Era Shōichi.

"Buongiorno. Non sono ancora riuscito a contattare la signora Kuma, cosa facciamo intanto? Te la senti di andare a casa dei tuoi?"

"Non capisco perché tutta questa fretta… mi sono appena alzata, e la testa ancora non mi funziona," dissi, pensando: viaggiare con una persona che ha uno stile di vita diverso è dura, sposarmi con Shōichi sarebbe assolutamente impossibile. "E poi, con una giornata così bella, andare in quel posto deprimente…"

"Ma io sono sveglio da più di due ore, ho già fatto colazione e non so come combattere la noia," disse ridendo Shōichi. "Siccome mi annoiavo, prima sono andato persino alla palestra dell'albergo."

"Ecco perché non sopporto le persone efficienti," dissi io. "Però hai ragione, le cose pesanti è meglio sbrigarle in fretta. Andiamo. In mezz'ora sarò pronta."

Preparai il bagaglio, mi vestii e quarantacinque minuti più tardi Shōichi bussò alla mia porta. Anche quel calcolo del tempo troppo perfetto era così esasperante che non potei fare a meno di ridacchiare. Shōichi mi guardò sconcertato.

"Si è rannuvolato," dissi.

"Questo cielo è piuttosto sinistro. Come se sapesse dove stiamo andando. Da film dell'orrore," disse Shōichi.

In effetti il cielo si era oscurato di colpo, coprendosi di diversi strati di nuvole grigie. Il bel colore azzurro visibile fino a poco prima a oriente era scomparso, e anche la luce che filtrava dagli spiragli tra le nuvole era sparita, come se fosse stata imprigionata.

"Va bene così. Questo tempo si addice perfettamente a quella casa," dissi.

Caricammo i bagagli in macchina e partimmo dal parcheggio sotterraneo dell'albergo.

A un certo punto ci fermammo a comprare dei fiori, e in un emporio Shōichi volle prendere delle candele incredibilmente belle che avevamo adocchiato. Leggemmo nel foglietto illustrativo che erano state create dall'artista Candle June come preghiera per la pace. Forse era solo per sentirci meglio, ma i fiori erano davvero belli, le candele erano state create con amore da una persona buona, e magari sarebbero serviti al nostro rito di purificazione, così decidemmo di comprarli senza pensarci troppo, e scegliemmo insieme i colori. Poi a me venne da pensare che nella vita mi era capitato molto raramente di stare con una persona sentendomi a mio agio come adesso, fare acquisti insieme, camminare fino al parcheggio, chiacchierare del più e del meno. Forse, se mia madre avesse goduto di momenti come questi, dando a essi più spazio invece di considerarli inutili, non sarebbe finita così.

La casa, quel luogo che a me sembrava il più lontano del mondo, si trovava ad appena un'ora d'auto da Shibuya. Vi arrivammo dopo un viaggio un po' noioso, senza quasi accorgercene.

Più che nostalgia, provai una sensazione di soffocamento. Anche se la conoscevo bene, era come uno di quei luoghi che si vedono in sogno, che non si riescono mai a raggiungere.

La casa, di fronte a un parco, era ridotta a un rudere, e sorgeva in un giardino invaso dalle erbacce, ma era ancora lì. Parte dell'edificio principale era stata abbattuta, ma evidentemente i lavori di demolizione erano stati interrotti e tutto era rimasto così. La casa era più piccola di come mi appariva da bambina. Allora mi sembrava enorme, una specie di castello. Certo era più grande di una casa normale, ma il terreno non era molto più vasto rispetto a quello della clinica che avevamo visitato il giorno prima.

Ferma davanti al cancello chiuso, mi sentii persa.

"Possiamo andare adesso? L'abbiamo vista. Per me è più che sufficiente," dissi.

"Se ti basta così va bene, ma ti torna in mente qualcosa di spiacevole?" chiese Shōichi. "Se pensi sia meglio non ricordare, andiamo via."

"Non è che stiamo perdendo di vista l'obiettivo iniziale? Volevi liberarmi da una maledizione, no?" risi.

"No, la cosa più importante è che tu stia bene. Qualsiasi cosa abbia detto mia madre, io la penso così, e alla fine credo che sarebbe d'accordo anche lei," disse Shōichi.

"Bene, sentire questo mi ha dato la carica. Allora, entriamo?" dissi.

Appoggiai la mano sul cancello. Il sistema di allarme che esisteva a quei tempi, ora che la casa era stata abbandonata e per metà demolita, naturalmente non era più in funzione. Solo degli adesivi con il logo della ditta di sorveglianza brillavano inutili sul cancello. Sentii alcune pesanti gocce di pioggia cadermi sulle guance.

"Shōichi, se non ci sbrighiamo ci bagneremo."

"In macchina ho degli ombrelli, e se ci bagniamo ci sono anche degli asciugamani, quindi siamo a posto. Ehi, cosa fai? Guarda che ti si vedono le mutande," disse Shōichi.

"Pazienza, che vuoi farci? Non è il momento di pensare a questo. Dai, sbrighiamoci."

Senza preoccuparmi, mi arrampicai sul cancello, scavalcandolo. Shōichi mi seguì e scese agilmente nel giardino. Camminammo sull'erba secca e polverosa, diretti alla porta d'ingresso. Vidi il punto in cui eravamo soliti nascondere la chiave e pensai: Non sarà che... Il nascondiglio era una fessura sotto una vasca vecchia e incrinata. Mio padre aveva detto che era un buon posto per nascondere la chiave, e l'aveva messa lì. La nostalgia mi provocò un nodo alla gola. Mio padre non si era mai arrabbiato con me, nemmeno una volta. L'acqua di quella vasca, che un tempo scorreva incessante adornata dall'edera, si era completamente prosciugata, e adesso vi era solo acqua piovana sporca e stagnante. Ma nonostante tutto, la chiave era ancora lì, al suo posto. Chissà chi è stato a toccarla per ultimo, pensai commossa.

La presi in silenzio, mi diressi verso la porta e la infilai nella serratura. Era un po' arrugginita, ma con un po' di forza si sbloccò, e la porta si aprì.

"Fantastico," disse Shōichi.

Poiché dentro casa la polvere e l'odore di muffa erano soffocanti, tirai fuori un fazzoletto coprendomi naso e bocca. Nella sala d'ingresso dall'alto soffitto sembrava dovessero esserci ragnatele e nidi di pipistrelli. Cominciai a percepire, mischiato all'odore di muffa, il puzzo degli escrementi di pipistrello.

"Penso sia meglio non fare un'esplorazione troppo accurata," dissi. "Puzza di muffa ed è pieno di polvere: corriamo il rischio di ammalarci."

"Non c'è qualcosa che avevi lasciato qui e che vorresti riprendere?" chiese Shōichi. "Non so, qualche oggetto a cui tenevi."

"No, niente," risposi. La sensazione che provavo era il desiderio di andarmene via in fretta. E uno strano malessere: brividi alla schiena, come se dovesse salirmi la febbre. "Se ci fosse stato, sarei già venuta da tempo a riprenderlo."

"Che ne dici di fare una specie di rito di purificazione nella tua stanza? Forse ti farebbe sentire meglio," disse Shōichi.

"Credi a queste cose?" dissi.

"Non ci credo per niente. Ma forse, come fatto simbolico," disse Shōichi nella sala d'ingresso scura.

Sembra di stare in una caverna, pensai. La stessa aria opprimente e umida. L'interno della casa era stato ripulito, quindi non era rimasto come dopo l'incidente, ma dava un'impressione di inselvatichimento. Non solo era diverso da quando ci abitavo io, ma era anche un luogo abbandonato e deserto da tanto tempo.

"Mah, visto che ormai siamo qui, andiamo?" dissi allegramente, forzandomi.

Salimmo per l'ampia scala di legno. Dalle finestre bloccate filtrava una luce tenue, che rendeva l'ambiente debolmente luminoso.

I miei piedi ricordavano la distanza tra gli scalini.

Mi tornò in mente che quando io, unica bambina in casa, salivo le scale di corsa, la mamma mi rimproverava. Alla fine della scala, i miei piedi erano di nuovo quelli di un'adulta. Non avevo nessuna nostalgia. Provavo solo sofferenza.

La porta della mia stanza era aperta, ma non c'erano i bagagli che stavo preparando quel giorno. Non c'era nemmeno uno dei miei amati pupazzi di pelouche. Probabilmente li aveva portati via la polizia. Il letto era coperto da una tela.

"A quanto pare hanno messo in ordine," dissi. "Dev'esser venuta una ditta delle pulizie."

"Sulle pareti però ci sono della macchie scure che sembrano sangue," disse Shōichi.

"Piantala. Mi fai paura," dissi io. "Quelle le avranno certamente pulite."

"Non c'è da avere paura, quello che è successo apparteneva alla realtà, è una storia finita," disse Shōichi. "Non è che hai ricevuto una maledizione da qualcuno che non conoscevi nemmeno."

"Ah, ecco. Meno male. Tanto erano solo persone che conoscevo bene, quelle che sono morte," dissi, e riuscii persino a ridere. Ma le mani e le gambe non smettevano di tremare.

"Mettiamo i fiori," disse Shōichi, e posò sul letto il mazzo di gerbere che avevamo comprato.

Ah, sembra una bara, pensai.

Il colore rosso dei fiori spiccava intenso in quello spazio morto, come se solo lì ci fosse vita.

Aprii la finestra. Per la prima volta fui assalita dalla nostalgia. L'albero di ibisco che si vedeva da lì mi piaceva molto. D'inverno si seccava completamente, ma in primavera ritornava a vivere. Innumerevoli fiori bianchi sbocciavano, cadevano, rifiorivano, abbellendo le mattine estive. Me ne ricordai dopo tanto tempo.

Quando l'aria fresca entrò nella stanza, l'atmosfera migliorò un poco, ed ebbi la sensazione di potermi muovere normalmente. Quello che fino a poco prima mi era sembrato opaco e confuso, come avvolto dalla nebbia, adesso appariva chiaro.

Accendemmo le candele e restammo a lungo in silenzio a guardare le fiamme e il bel colore della cera che si scioglieva. Le fiamme danzavano armoniose, facendo brillare il metallo delle cornici delle finestre. Ebbi la sensazione che la catena del tempo che si era fermato dentro di me si spezzasse con uno scatto. Le fiamme vivevano nel momento presente, sfavillanti. Come se assorbissero qualcosa dentro, in rapida progressione, bruciandola.

Siccome naturalmente non potevamo andarcene lasciando le candele accese, le spegnemmo, lasciandole lì per la sorpresa di coloro che sarebbero venuti a continuare i lavori o per un sopralluogo, e uscimmo.

In compagnia di Shōichi mi lasciai dietro per sempre il tempo della mia infanzia.

La mia infanzia triste, senza gioie, ma che comunque avevo trascorso vivendo tante sensazioni.

"Chiunque sia morto, qualunque cosa sia accaduta, non sta accadendo adesso. Non devo più preoccuparmene. Custodirla con cura non mi servirebbe a niente," dissi scendendo la scala scura. "Venendo qui l'ho capito chiaramente."

"Ottimo," disse Shōichi.

Come per un tacito accordo, dirigemmo i nostri passi verso la sala da pranzo. Senza nemmeno nominarla. Io strinsi la mano di Shōichi. Lui ricambiò con forza la stretta. Chissà perché quando una persona tocca un'altra – senza implicazioni sessuali – questo ha un effetto calmante. Forse perché siamo animali? Forse perché, non in senso superficiale, ma nella nostra parte più profonda, siamo tutti creature sessuali? Mi resi conto di essermi immersa in questi pensieri nel tentativo di distrarmi da quella situazione.

La porta che dava sulla sala da pranzo era chiusa. Quando Shōichi girò la maniglia, si aprì con un cigolio. Dal buio emerse solo il grande tavolo.

"Sembra il videogame *Resident Evil*," disse Shōichi.

"Hai paura sul serio, eh?" dissi io.

"Hai indovinato," disse lui. "Però, non ci avevo pensato prima, ma il fatto che una persona sia sopravvissuta e stia bene rende meno pesante lo stare qui adesso. Mi riferisco alla signora Kuma."

Per aprire la porta, Shōichi aveva lasciato la mia mano, però, prima di farlo, l'aveva stretta con forza per un istante. Questo suo gesto affettuoso mi aveva dato un po' di coraggio. Ma il cuore mi batteva all'impazzata, avrei voluto respirare aria fresca, davanti a me tutto era buio. Dopotutto questo era il luogo dove mia madre aveva ucciso mio padre.

Io avevo solo chiuso a chiave la porta della mia stanza ed ero rimasta lì a tremare come una foglia, non ero fuggita dalla finestra né ero scesa al piano di sotto. Per questo non avevo assistito alla scena. Lo ripeto ancora una volta, mai avrei immaginato che mia madre potesse fare una cosa così terribile.

"Ah, se potessi tornare indietro a quel giorno," dissi con un sospiro. "Preparerei i bagagli la mattina e andrei subito all'aeroporto di Narita. E una volta tornata in Giappone verrei subito a casa vostra. Un'altra cosa che farei sarebbe telefonare alle persone che devono partecipare alla seduta spiritica per dire loro di lasciar perdere, perché la mamma è esaurita. Magari fosse possibile."

Magari fosse possibile... se si potesse cambiare tutto a partire da quel momento, quanto sarebbe bello, pensai. Ma questa fantasia non fece che rinnovare la mia disperazione. Perché è successa una cosa così alla mia famiglia?

Ma la Yumiko che la zia e Shōichi sono venuti ad aiutare è diversa da quella che finora ha fatto tutto da sola. Oggi sono diventata una persona capace di ricevere, che può essere salvata: così, sinceramente, mi sembrava. Forse perché le cose che la zia e Shōichi mi stavano mostrando non venivano solo dal loro senso di colpa per avermi abbandonato, ma da un genuino affetto nei miei confronti.

Nella stanza tutto era stato messo in ordine, e tuttavia lì sopravviveva, inequivocabile, la forza oscura di un "luogo in cui sono morte delle persone".

Sul tavolo, l'unico oggetto rimasto era un candelabro. Ricordai che la mamma vi accendeva spesso delle candele. Provai a toccarlo dolcemente. Era il punto che le mani morbide e bianche della mamma toccavano sempre. Mamma, pensai, e improvvisamente provai il desiderio di incontrarla.

Avrei voluto ritrovarla, sentire la sua voce, vederla camminare. Avrei voluto che mi prendesse in braccio. Che con quelle mani mi accarezzasse la fronte.

Nonostante quel che aveva fatto, avrei voluto incontrarla. Da quel giorno non l'avevo più vista. Prima che perdesse la ragione, c'era stato un tempo in cui mi abbracciava con dolcezza, e sorrideva guardandomi.

Piangendo mi strinsi forte la mano da sola.

Shōichi mi aveva messo una mano sulla schiena e continuava a darmi dei leggeri colpetti. Come avrebbe fatto una madre. Probabilmente era quello che la zia faceva a lui, pensai. Se le persone possono restituire agli altri solo quello che hanno ricevuto dai propri genitori, allora io? Potevo considerarmi a posto?

Paragonata alla complessità di quello che avevo dentro, quella stanza, che ormai era solo una sala da pranzo in rovina, mi appariva quasi insignificante. Non era che una stanza buia, opprimente, dimenticata da tutto e tutti.

Ritrovata un po' di calma, mi asciugai le lacrime, misi sul tavolo i fiori colorati, e accesi delle candele. Poiché erano state create apposta per essere usate in luoghi dove erano accaduti degli eventi tristi, probabilmente erano adatte anche a questo. Forse nel mio caso si trattava di una tristezza troppo privata, ma sicuramente l'uomo che le aveva create mi avrebbe perdonato. Anche in quella stanza le candele bruciarono brillando con tutti i loro colori e sciogliendosi lentamente. Restai a lungo a guardare la parte trasparente diventata una cupola di luce iridata, in cui anch'io avrei voluto dissolvermi dolcemente.

Poi giunsi le mani pregando per mio padre che era morto in quella stanza. Il mio papà debole, gentile, sempre affacendato in mille cose. Papà, mormorai, e di nuovo mi scesero le lacrime. Hai tentato di proteggermi? O anche tu sei impazzito come la mamma? Avresti accettato tranquillamente che morissi anch'io? Quando ha cominciato a perdere la ragione? Perché non ne hai parlato con me?

"Mia madre aveva paura della tua," disse a un tratto Shōichi, rompendo quel lungo silenzio. "Temeva seriamente che venisse a ucciderla o che usasse la magia nera contro di lei. Io e mio padre dicevamo ridacchiando che erano sue fissazioni, ma lei spesso faceva dentro casa riti di purificazione come questo con i fiori e le candele.

"Lei mi ha detto molte volte che, grazie al fatto che tu avevi trovato quella statuetta, noi eravamo al sicuro. Secondo lei, era l'unico presagio positivo riguardo al suo rapporto con tua madre. Mia madre continuava a nutrire in qualche parte di sé idee come questa, che a noi sembravano totalmente assurde, forse perché era figlia di una strega. Anche se non ha mai coinvolto altri, mia madre ha vissuto tutta la vita nel mondo della magia.

"Francamente sono cose che io non capisco, ma lei diceva: 'Esiste un mondo invisibile, parallelo a quello della realtà e che si riflette in esso, manifestandosi solo per brevi istanti, in forma di presagi o di immagini. È importante leggere sempre questi segni con molta attenzione'.

"Quel giorno, il giorno in cui noi due abbiamo giocato insieme, è stato quello in cui le strade delle due gemelle si sono separate davvero. Tua madre ha scelto chiaramente la strada per ottenere un potere reale, incluso quello economico, e mia madre ha deciso, con altrettanta chiarezza, che quella strada a lei non interessava. Credo però che il pretesto per rompere definitivamente sia stato qualche problema legato agli affari del Konamiya.

"Da allora, mia madre ha continuato a temerla. Quando tua madre è morta dopo aver fatto quel che sappiamo, lei è entrata in uno stato di panico. Quel giorno tutt'a un tratto perse i sensi, cadendo a terra nel negozio, fu portata in ospedale, e quando riprese conoscenza, diverse ore dopo, il suo viso era terreo. Penso che, essendo gemelle, avesse sentito qualcosa. Quando mio padre le spiegò cosa era accaduto, lei disse: 'Dentro di me sentivo che una cosa del genere sarebbe successa'. Poi aggiunse: 'È triste e doloroso, ma così alla fine sarò liberata,' e scoppiò a piangere. Ricordo bene quella terribile atmosfera. Io ero ancora bambino e non mi venne spiegato bene cosa era successo, ma capii, un po' attraverso i notiziari, un po' dal comportamento di tutti, che doveva essere stato qualcosa di terribile."

"Beato te, Shōichi," dissi. "Perché io sono la figlia di lei, e tu della zia?"

"Non c'è modo di saperlo. L'unica cosa che si può dire è che era destino. Neanch'io posso farci niente. Mi rendo conto di essere stato fortunato," disse Shōichi. "Ma per te farò qualsiasi cosa."

"Perché era la volontà della tua adorata madre," dissi.

"Quanto sia stato importante questo incontro, adesso non posso esprimerlo a parole," disse Shōichi.

"Sono io che sono grata di avervi incontrato adesso," dissi.

In quel momento ebbi la sensazione che per un istante l'ombra di mia zia mi avvolgesse in un dolce abbraccio, e nella stanza buia sentii i miei occhi riempirsi di lacrime.

Basta però, dopotutto una famiglia l'ho avuta anch'io, pensai, benché sgangherata. C'è stato un tempo in cui tutti avevamo facce sorridenti. A questo tavolo abbiamo discusso su dove andare in vacanza, e mio padre giocava con me mentre innaffiava a lungo il giardino… e a questo pensiero il ricordo del giardino tornò di colpo, vivido.

"Basta stare qui, andiamo in giardino," dissi. "In questa casa ci sono solo detriti, rovine. Ho voglia di vedere della vegetazione viva."

Shōichi annuì.

Lasciammo lì tutti i fiori che avevamo portato e il loro profumo, spegnemmo le candele e uscimmo dalla stanza. Era come se lì dentro ancora ristagnasse l'odore del sangue. Avevo l'impressione che per quanto si potesse pulire, non se ne sarebbe mai andato. Io non credo a chi dice che i pensieri delle persone restano nei luoghi, ma in quel momento ebbi la netta percezione che in un posto in cui è accaduto qualcosa di grave, i sentimenti cupi si accumulino e un senso di abbandono e sporcizia si imprima in modo irrimediabile nell'ambiente. Anche se bastava fare un passo all'esterno per trovarsi in un normale quartiere residenziale, quella casa faceva pensare a un luogo di confine. Non un luogo bello, dal clima salubre, ma uno spazio deserto e desolato, come può esserlo un posto che in passato è stato teatro di esecuzioni capitali. Rimaneva qualcosa di disperato, come di un luogo che aveva visto tanta paura e rassegnazione.

E anch'io, come Shōichi, prima di arrivare lì non mi ero resa conto di quanto il fatto che una persona fosse sopravvissuta mi desse conforto. Ogni volta che avevo le vertigini e mi sentivo svenire, mi riaffiorava alla mente il viso sorridente di quella signora Kuma che avevo visto in foto. Meno male, pensavo, qualcuno è riuscito ad andarsene vivo di qui.

Nella casa, anche se si aprivano le finestre, quell'atmosfera cupa e indistinta non si rischiarava.

A un tratto mi attraversò il pensiero che la persona che aveva compiuto l'azione fosse quella che aveva sofferto le pene più dure, e pensai che dovevo perdonare la mamma. Forse lei, che aveva a lungo vissuto all'inferno, dando la colpa al fatto di essere stata posseduta e portando con sé mio padre come compagno di viaggio, era riuscita a farla finita. Era terribile, ma era mia madre, e quella era la sua vita. Lei che era ingrassata perché per perfezionismo voleva assaggiare ogni cosa che avevamo al negozio, arrivando a rovinarsi reni e fegato... Già questo le avrebbe procurato un normale successo, ma lei aveva desiderato un potere molto più grande.

Usciti in giardino, la pioggia era cessata, ma nubi pesanti ancora gravavano nel cielo. Da un momento all'altro poteva riprendere a piovere. Vedere il giardino rimasto senza cure, così rovinato, di nuovo mi rese triste, ma inspirare aria fresca nei polmoni mi fece bene, e quella specie di sirena d'allarme che urlava in me si spense di colpo.

"Io penso che le donne non siano molto portate per gli affari, a meno che non si tratti di campi prettamente femminili," dissi. "Possono esserci delle eccezioni, se il lavoro ha una componente sociale o benefica, se si fa per un periodo di tempo limitato o se si riesce ad acquistare la forza fisica di un uomo, ma ho l'impressione che nella maggior parte dei casi le donne che si dedicano agli affari siano destinate all'infelicità."

"È un modo di pensare molto tradizionalista," disse Shōichi. "Anche mia madre si occupava di affari."

"Ha potuto farlo perché c'eravate tu e tuo padre," dissi. "Io credo che per mia madre, man mano che la catena di negozi si espandeva, le cose siano diventate difficili. Per una che come lei già di base aveva un carattere instabile, caricarsi di un peso così grande è stato un errore."

"Ma se è impazzita fino al punto da uccidere delle persone, com'è possibile che nessuno se ne sia accorto?" chiese Shōichi.

"So che è inutile continuare a ripeterlo, ma è più forte di me. Non avrei mai e poi mai immaginato che la mamma potesse arrivare fino a quel punto. Naturalmente mi accorgevo che era inquieta, che il suo viso piano piano perdeva espressione, e che era diventata tirannica.

"Quando qualcuno si opponeva a lei, anche per delle stupidaggini, veniva accusato fino a farlo cedere. Che la mamma avesse superato il limite lo avevano capito tutti.

"Se durante le sedute spiritiche non arrivavano i suggerimenti desiderati, l'atmosfera si faceva tesa perché pensava che i problemi di lavoro non si sarebbero risolti. In quei giorni la mamma era particolarmente nervosa e papà, agitatissimo, faceva di tutto per compiacerla, e la trattava con ogni cautela," dissi. "Ma che potesse fare una cosa così terribile, ancora adesso non riesco a crederlo. Al massimo pensavo che avrebbe avuto delle crisi isteriche e sarebbe andata in quella clinica, o magari che avrebbe avuto un collasso da stress, una delle due. A me non sarebbe dispiaciuto. Pensavo che la mamma si sarebbe riposata, avrebbe ritrovato l'equilibrio e sarebbe ritornata quella di prima. Quanto ero ingenua!"

"Ma è comprensibile. I familiari non vogliono vedere

certe cose," disse Shōichi. "Si vorrebbe sempre pensare che non siano vere."

La vista delle camelie, con le loro foglie verdissime, e delle gardenie dalle foglie lucenti, nonostante fossimo vicini all'inverno, mi confortò. Anche le clematidi, piantate tanti anni prima, erano in pieno rigoglio e si erano molto allungate; le rose crescevano in disordine ma avevano tralci lunghi, e a vederle sembravano destinate a fiorire ancora per anni. L'altea che tanto amavo era quasi rinsecchita, ma si capiva che era ancora viva. Sicuramente in primavera, come nel paesaggio della mia memoria, avrebbe buttato fuori tante foglie. Che nostalgia!

"Effettivamente io in quella clinica non ho mai vissuto," dissi. "Le sensazioni che ieri ero convinta di aver provato in quel giardino, le avevo confuse con i miei ricordi di qui. Adesso mi sono ricordata perfettamente anche l'aspetto che aveva questo giardino allora."

"Ah, sì?" fece Shōichi.

"Sì. Lì l'esposizione era diversa. La direzione in cui il sole tramonta non corrisponde a quella che ricordo io. Adesso è coperto, ma l'ovest è lì, no?" dissi. "Il fatto che, guardando da Shibuya, l'edificio è rivolto in quella direzione, mi fa pensare che il sole al tramonto non si possa vedere dall'angolazione che pensavo io. Probabilmente i ricordi di quando andavo là in visita si sono confusi con quelli di qui."

"Trattandosi di ricordi di tanto tempo fa, è naturale che si confondano e diventino ambigui," disse Shōichi.

"Probabilmente hai ragione. Ma se è così, dove sono stata dopo l'incidente?" dissi.

"L'unica cosa sicura è che non eri da noi," disse Shōichi. "Certo, il fatto che mia madre, generosa com'era, non ti abbia preso con noi, ancora adesso è assolutamente incomprensibile. Proprio lei che fino a poco prima di morire ha continuato a parlare di te."

"Magari aveva percepito che io ero cambiata e improvvisamente diventata come mia madre, e che avrei potuto nuocere a lei e a te?" dissi.

"No, non credo che abbia mai pensato niente di simile. Tu hai una natura completamente diversa, tanto che è difficile credere che tu sia figlia di tua madre," disse Shōichi.

"Non dire queste cose così dolci."

Di nuovo mi venne un po' da piangere. Le lacrime mi scorrevano spesso, come se avessi voluto lavare via in fretta qualcosa.

Sì, il giardino era sempre stato la mia consolazione. In questa enorme casa, dopo i dieci anni, gli unici posti in cui stavo erano la mia stanza e il giardino. Lo conoscevo così bene che sapevo persino dove si trovavano i nidi delle formiche. D'estate fabbricavo delle mensole su cui disponevo le piante di ipomee di tanti colori, e mi svegliavo presto per curarle. Costruivo anche delle aiuole con pezzettini di corallo presi dal mare. Il giardiniere non le distruggeva, anzi, mi aiutava a tenerle in ordine.

Il mio vero rifugio era qui, pensai, e nel momento stesso in cui lo capii, sentii una grande forza sorgere in me. Qualcosa che si poteva forse chiamare coraggio e che mi diceva: stai tranquilla, puoi andare avanti. La sensazione di essere sostenuta con forza da quella terra, come se avessi messo i piedi saldamente sul suolo del mio paese natale. Sì, questo giardino mi ha sempre amata. Mi sembrava che ogni volta che camminavo mi accogliesse con gioia. Lì avevo trascorso momenti meravigliosi. Ricordai perfettamente anche le facce dei due giardinieri, marito e moglie, con cui avevo stretto amicizia.

Ora quel luogo era desolato e irriconoscibile, ma a me sembrava di vedere i bei viottoli di allora.

"Fino a poco fa ero in preda a pensieri tristi e cupi, ma anche se lo avevo completamente dimenticato, io amavo questo posto. Appena sono arrivata, è stato come se fossi entrata in un bagno termale, o come se fossi stata abbracciata forte da qualcuno. Sono felice di essere venuta. Grazie, Shōichi," dissi. "Dato che i miei genitori erano sempre occupati, passavo tutto il tempo in giardino, e a forza di prendere il sole ero diventata scurissima. I giardinieri, che venivano una volta al mese, erano molto affettuosi. Mi portavano dei dolci, mangiavano la colazione che si erano portati da casa insieme a me. La moglie prese l'abitudine di preparare i sandwich anche per me. Chissà cosa faranno adesso. Se fosse possibile, mi piacerebbe incontrarli, ringraziarli e scusarmi.

Insieme a loro strappavo le erbacce, curavo le ipomee, cacciavo gli insetti, e ascoltavo i loro consigli su come coltivare le piante. Imparai anche a curare le rose e a costruire degli archi. E poi, sin da bambina, il mio sogno era diventare giardiniera, e infatti il motivo per cui volevo andare dal mio boyfriend in Toscana era che lì c'era una coltivazione di ulivi. Era una grande azienda agricola. Me n'ero completamente dimenticata. Perché me n'ero dimenticata? Anche se era una cosa così importante... Forse l'avevo dimenticata proprio perché l'avevo custodita con troppa cura dentro di me, senza parlarne a nessuno. Perché a mia madre non faceva piacere che passassi il tempo con i giardinieri."

Shōichi mi strinse forte.

Sono stata abbracciata per la seconda volta, pensai. Dal giardino e da Shōichi.

"Non l'ho fatto perché provavo pena per te. Semplicemente, non potevo non farlo," disse Shōichi.

"Allora vedi che ti facevo pena," dissi io.

Poi, guardando il cielo sopra la spalla di Shōichi che continuava a tenermi stretta, mi balenò un altro ricordo. Era di mio padre.

Sono stata abbracciata nello stesso modo da papà, pensai. C'è stato un momento in cui ho guardato il cielo provando la stessa sensazione di adesso, una volta che eravamo insieme in giardino.

Era una mattina di fine estate. Io e mio padre stavamo raccogliendo i semi delle ipomee. Lui appariva così abbattuto che io gli chiesi cosa avesse.

Allora lui disse:

"A quanto pare la mamma non ha più bisogno di me".

"Vuol dire che divorziate?"

Io ero una bambina delle elementari, ma già in grado di capire, quindi gli posi la domanda in modo molto diretto.

"No, non credo che faremo niente di ufficiale. Ma vivremo separati," disse mio padre.

"Allora io verrò con te. La mamma è troppo occupata, e poi con lei ci sono gli zii, quindi non si sentirà troppo sola. Anche se tu abiterai in un appartamento piccolo piccolo, verrò con te," dissi.

Papà restò per un po' con gli occhi chiusi, poi pianse forte, coprendosi il viso. Mentre singhiozzava, gli presi la mano e la strinsi forte. Lui, il viso ancora coperto da una mano, si piegò e mi abbracciò stretta in modo da nascondermi la faccia.

"Anche papà non ti lascerà mai, Yumi. Non importa se la famiglia si spezza, tu sarai sempre la Yumi del suo papà."

Anche quella volta, guardai il cielo in questo modo. Con una sensazione di tristezza.

Qualcosa che si rompe, era questo che i miei occhi avevano guardato.

"Papà, se si dovesse arrivare a questo, penso che la zia ci ospiterà per un po'. Dai, fino a che non troveremo la casa, stiamo a casa di Shōichi e degli zii, sarà divertente!" dissi. "Se staremo da loro, sarà bellissimo."

"Già, sarà bellissimo," disse mio padre con tristezza.

Poi, di divorzio e di separazione non si parlò più, mio padre si limitò a spostarsi in un'altra stanza ed entrambi, con mia grande delusione, cominciarono la loro vita di separati in casa.

Nel ricordare le lacrime di mio padre in quella circostanza, scoppiai a piangere.

Fino a quando non mi calmai, Shōichi continuò a tenermi stretta. Come una madre stringe un bambino. Il cielo, sempre gravato da nubi pesanti, si era fatto più scuro. Anche questo viaggio si avvicina alla fine, pensai. Però sono veramente felice di aver ritrovato i ricordi più importanti, i più preziosi, pensai.

La mail dalla signora Kuma arrivò quella sera. Dopo essere tornata nella mia stanza in albergo, mi ero addormentata all'istante – evidentemente ero esausta –, quindi non lo sapevo, ma la mattina dopo, mentre facevamo colazione, Shōichi mi disse che le aveva già telefonato e aveva parlato con lei direttamente.

Nella sala dove era allestito il buffet c'erano pochi clienti, e sui tavoli erano allineati bei vassoi d'argento ricolmi di frutta, uova, verdure.

Essendomi addormentata prima del solito la sera prima, mi ero svegliata presto, e dopo aver fatto la doccia avevo telefonato a Shōichi, che mi aveva invitato a fare colazione con lui. Nel frattempo anche gli occhi si erano sgonfiati.

"La signora Kuma, possiamo vederla oggi?" chiesi.

"Sì, ho preso appuntamento con lei in tarda mattinata. Ha detto che possiamo andarci insieme. Sempre che tu non abbia niente in contrario," disse Shōichi.

"Certo che non ho niente in contrario. Preferisco che andiamo insieme," dissi.

Sentii il succo di frutta fresco attraversarmi il corpo. Dal momento in cui mi ero svegliata quella mattina, avevo avuto la sensazione che qualcosa si stesse muovendo. Come se mi fossi liberata da un grumo pesante a lungo imprigionato dentro di me.

"Le ho raccontato che ieri siamo stati in quella casa," disse Shōichi. "La signora Kuma ha detto che adesso ci vuole coraggio per affrontare un'esperienza del genere, ma che se tu hai trovato un coraggio così grande, il suo compito è rispondere a questo. Credo che sia una gran bella persona. Penso che ci possiamo fidare, non ho percepito niente di sospetto."

"Anche il suo aspetto sembrava piacevole," dissi. "Dopo essere stata lì ieri, mi sembra ancora più incredibile che la mamma abbia potuto fare una cosa simile."

"Ricordo una cosa che mi aveva detto mia madre," disse Shōichi. "Aveva sentito dire dalla nonna che andando a scuola di streghe, a forza di imparare tutti i giorni cose irreali, si perde progressivamente il senso della realtà: tutto ciò che si vede attorno appare simbolico. Del resto Torino in sé, se la guardi con un occhio particolare, è una città in cui ogni posto appare nascondere significati segreti. Sai, si dice che i suoi sotterranei siano pieni di mummie.

"Mia madre mi disse che anche lei negli ultimi anni se ne era resa conto: quando si arriva a trovare significati reconditi in tutte le cose che si vedono, si comincia a capire la logica intrinseca ai fenomeni, e si pensa di essere gli unici a saper gestire le cose. Ma se per far questo il corpo non è bene addestrato, il peso per la mente è eccessivo e si viene colti da una strana febbre. Non è impensabile che quando si entra in quello stato mentale si senta la necessità di uccidere. Se però si mantiene un equilibrio fisico, il corpo percepisce una sensazione di disagio, e la mente cessa di procedere verso la follia. Per questo mia madre non ha mai trascurato l'esercizio fisico.

"Il fatto che tua madre si sia spinta fino al punto di pensare che uccidere non fosse un male, anzi che lei dovesse fare quel che ha fatto, è certamente una follia, ma se lei fosse vissuta probabilmente avrebbe spiegato la sua logica. Nel mondo in cui lei credeva, uccidere era considerata una cosa normale."

"Non so come sia possibile che non mi sia resa conto di una follia del genere," dissi. "Dovevo essere proprio un'idiota."

"No, sarebbe successo a chiunque," disse Shōichi. "Come ti ho detto ieri, chiunque vuole credere ai propri genitori, e per quanto strani possano essere, nessuno pensa che possano compiere gesti così estremi, e quindi è come se tutti avessimo un velo davanti agli occhi. Ognuno vorrebbe amare i propri genitori, no? Questo è il punto. Un estraneo magari lo avrebbe capito, ma proprio perché estraneo, trattandosi di fatti degli altri, avrebbe evitato di intervenire."

"È così, volevo amarla. Io, che ero appena una ragazza, ho preferito fingere di non vedere e sono rimasta immobile ad aspettare che passasse, e che tornassero i tempi felici."

Dalle mie sacche lacrimali ormai deboli, sgorgarono altre lacrime.

Ma nonostante le lacrime, osservavo con serenità, nella luce del mattino, il processo con cui le cose semplici ritornavano a essere semplici. Le cose che deviano un poco alla volta, poi precipitano di colpo in modo incontrollabile. Poiché la deviazione è graduale, e poiché le persone intorno preferiscono se possibile non farci caso, si abituano a quella progressiva degenerazione.

Poi nessuno riesce a capacitarsi del fatto che delle persone abbiano potuto vivere in quelle rovine.

Pregai che in quella casa potesse tornare la vita, che la storia potesse cambiare. Se fosse diventata un deposito sarebbe stato troppo triste. Mi sarebbe piaciuto se ne avessero fatto un negozio con annesso un caffè in cui la gente potesse passare momenti piacevoli. Anche il mio cuore ne avrebbe tratto grande conforto.

Se avessi potuto scegliere la mia vita, forse mi sarei dedicata a quello scopo. Peccato che fosse troppo tardi. Ma anche se era tardi, scoprire il desiderio di fare qualcosa di buono per quella casa, capire che dentro di me non c'era solo rassegnazione, addolcì il mio spirito indurito. Di questo fui contenta.

Per l'emozione sentivo la gola bloccata e non riuscivo a mandare giù il pane, allora mangiai lentamente una mela. Shōichi rimase in silenzio e sorseggiò lentamente il caffè sbocconcellando il pane. Guardando la sua bocca mentre masticava con cura, come un coniglio, provai una grande tenerezza per lui.

Rivolgendo lo stesso sguardo dolce verso il ristorante, ebbi l'impressione che i movimenti delle persone scorressero vividi e armoniosi.

Come sarebbe bello se io e Shōichi potessimo fare sempre colazione insieme come adesso, in silenzio, pensai. Dopotutto, vivere è questo, non c'è bisogno di altro. A causa di quello che combinava mia madre, avevo sempre pensato che avrei dovuto compiere azioni molto più eclatanti, e che se non ci riuscivo avrei dovuto vivere tutti i giorni a capo chino. E invece non c'era bisogno di gesti memorabili, fare un viaggio con mio cugino ritrovato dopo tanto tempo, prendere la colazione in un albergo abbastanza buono, digerirla con questo mio corpo, guardare tranquillamente l'inizio di una nuova giornata con questi miei occhi mi basta, qui ci sono quasi tutti gli elementi della vita, pensai.

Lo studio della signora Kuma era in un edificio in fondo a una lunga strada di negozi a Sangenjaya. Io ero tesa, ma Shōichi apparentemente no: guidò tranquillo come sempre, trovò il parcheggio senza difficoltà e, guardando la mappa che aveva stampato, identificò subito quell'edificio biancastro. Ciò mi diede sicurezza ma anche un po' di malinconia.

Stavamo passando quei giorni come se condividessimo tutto, ma ancora una volta fui costretta a ricordare che il problema era mio, quindi pensai che dovevo farmi forza.

Gli appartamenti di quell'edificio dovevano essere tutti spaziosi, a giudicare dalle grandi finestre. Probabilmente anche gli affitti erano alti. Pensai perfino, sfacciatamente, che con quel lavoro la signora doveva guadagnare bene. Anche mia madre, ogni volta che faceva una seduta spiritica, sicuramente tirava su molti soldi.

Il portone d'entrata era aperto, prendemmo l'ascensore e arrivammo direttamente davanti alla sua porta. Mentre Shōichi cercava il campanello, si sentì una voce dire "Eccomi", e la porta si aprì.

La donna era un po' più vecchia di come appariva nella foto, ma aveva occhi limpidi e brillanti, e lunghi capelli tinti di castano e un po' ondulati. Il corpo, sottile come un'asta, era avvolto in un vestito di maglia bianco, casual, e nell'insieme emanava da lei un'aria di pulizia. Mi faceva pensare alla direttrice di un emporio.

Come se incontrasse una persona a lei cara, mi fissò commossa, con uno sguardo infinitamente dolce. Io avrei voluto scomparire. Mia madre ha cercato di ucciderla, ci perdoni, pensavo.

Lei invece, come se questo pensiero nemmeno la sfiorasse, sorridendo, quasi sottovoce ma con un tono acuto, disse: "Prego, accomodatevi," e toccandomi leggermente la spalla, mi invitò a entrare. La signora Kuma salutò anche Shōichi con un sorriso e un inchino, così lui ci seguì, togliendosi le scarpe.

Poiché in fondo si intravedeva un salotto, immaginai che l'appartamento servisse, oltre che da studio, anche da abitazione. Sembrava che vivesse da sola, e io mi chiesi se non avesse paura, con tutte le persone che andavano da lei. Ma subito dopo pensai: chissà se dopo avere avuto quell'esperienza ha una paura esagerata o se piuttosto non ha acquistato maggiore coraggio. O forse nella sua vita entrambi gli stati d'animo si alternavano.

La stanza dove ci fece accomodare, piuttosto spaziosa, era subito accanto all'ingresso. C'erano solo un tavolino basso con un divano bianco. Era una stanza arredata con gusto e una certa grazia, senza oggetti strani e nemmeno cristalli. C'era un vaso pieno di anemoni. In un contenitore di fragranze per ambiente c'era una piccola candela accesa che emanava un delicato profumo di lavanda. In quello spazio tutto era talmente femminile, delicato, limpido, luminoso, da farmi sentire rozza, volgare, rumorosa. Mentre la signora Kuma si assentò per preparare il tè, lo dissi sottovoce a Shōichi, il quale mi rispose:

"Anch'io ho la stessa sensazione. Precisa e identica".

Lo disse a voce quasi inudibile e con tanto imbarazzo che non potei fare a meno di ridere.

Fuori dalla finestra si stagliava la Carrot Tower. Vedendola, capii meglio la posizione in cui ci trovavamo, e ripassai mentalmente la strada che avevamo percorso. Lì fuori brulicava il mondo con il suo miscuglio di vita, e qui c'era una pace come sopra le nuvole, e in sottofondo si sentiva, a basso volume, Mozart.

"Scusate l'attesa," disse lei, entrando silenziosa con delle tazze finissime di tè alla menta. È come una fata, pensai. Poi chiuse dolcemente la porta. Posò sul tavolo il vassoio d'argento, si sedette su una poltrona di fronte al nostro divano e ci porse le tazze con il piattino. Su ognuna c'era un biscotto.

"Io sono la figlia della signora Konami, la donna che provocò quell'incidente. Mi chiamo Yumiko. Mia madre fece una cosa davvero terribile, ne sono profondamente addolorata," dissi. "Non trovo davvero le parole per chiederle scusa, però sentivo il bisogno di incontrarla una volta."

"Ma in quel posto io sono andata di mia spontanea volontà, e lei non ha alcuna responsabilità. Non c'è niente di cui scusarsi," disse la signora Kuma, con un'espressione sul viso all'inizio un po' cupa. "Lo penso davvero. La prego di credermi. Ne sono sempre stata convinta."

"Io sono suo cugino, mi chiamo Takahashi Shōichi. Seguendo le ultime volontà di mia madre, sto cercando di aiutarla, e a questo scopo stiamo girando diversi posti," intervenne Shōichi.

La signora Kuma sorrise e fece un breve inchino, quindi disse:

"Credo di sapere con quanti pensieri dolorosi, signor Takahashi, lei stia svolgendo questo incarico. Sarà forse a causa di quello che è successo, ma pensi che io non sono nemmeno sicura di poter stare qui. Ho la sensazione che se non mi concentro, il mio essere diventerebbe tanto debole che potrei scomparire da un momento all'altro. Ma in questo non c'è assolutamente nessun rimprovero per la signorina Yumiko; dopo di allora, anch'io ho vagato a lungo nell'oscurità, e la sensazione di essere sopravvissuta inutilmente non mi abbandona".

"Perché inutilmente? Lei non immagina quanto io sia grata del fatto che lei si sia salvata," dissi io. "Se dice così, piuttosto sono molto più inutile io."

La signora Kuma scosse la testa. Poi disse con fermezza:

"No, i bambini sono il futuro. In qualunque situazione, la vita dei bambini va protetta. Lei era ancora una bambina. Sono io a doverle chiedere perdono per non averla potuta proteggere da quella ferita".

"Ma non è così. Io ero molto precoce e a quell'epoca avevo già un ragazzo. Quel giorno ero al piano di sopra a prepararmi tutta tranquilla per un viaggio all'estero. Ciononostante, non ho saputo aiutare voi. Quando ho sentito quel baccano avrei dovuto chiamare subito la polizia. Probabilmente ero l'unica che potesse farlo," dissi. "Avevo paura. Odiavo il fatto che mia madre evocasse sempre gli spiriti. Come odiavo quell'atmosfera esaltata e sinistra! Quindi avevo immaginato che ci fosse stato qualche incidente, ma preferii fare finta di niente. Non volevo assolutamente vedere. Mi perdoni. Mi rendo conto che una cosa del genere è assurda. Era veramente scoppiato un gran baccano. Ma io, chiusa a chiave nella mia stanza, con la musica a tutto volume, aspettavo che il tempo passasse. È stato un comportamento imperdonabile. Come ho potuto essere così vigliacca?"

Finalmente sono riuscita a chiedere scusa, pensai. Per le altre persone pazienza, ma per il solo fatto di essere riuscita a parlare almeno alla signora Kuma, mi sentivo più leggera.

Lei scosse di nuovo la testa con dolcezza:

"No, non è così. In quello che ha fatto non c'è niente di male. Lei era una bambina. Aveva ancora tanto futuro davanti a sé, era innocente, brillante, piena di promesse: la sua vita doveva ancora cominciare. E invece, sfortunatamente, è successo quello che è successo. Essendo una bambina, vedendo che i grandi avevano perso il controllo, avere paura e chiudere a chiave la porta è la cosa più naturale. Quindi tutto quello che lei ha fatto è stato assolutamente normale. Chi ha sbagliato sono gli adulti che le hanno fatto sentire questa responsabilità. E io naturalmente sono una di loro. Perciò lei né prima né adesso ha mai fatto alcunché di male".

La signora Kuma mi prese la mano. La sua era molto fredda, eppure ebbi l'impressione che mi trasmettesse qualcosa di caldo. E ogni tanto mi sembrava che lei, bianca e trasparente, nella luce scintillante e abbagliante del pomeriggio, si offuscasse.

"Quando accade qualcosa di veramente spaventoso," riprese, "qualunque persona cerca naturalmente di fuggire, e di allontanarsi anche col pensiero. I bambini ancora di più tentano di distogliere i pensieri da quel che accade. Non deve avere nessun rimorso. E se glielo dico io che ero presente, può esserne certa."

Avrei voluto scoppiare a piangere come una bambina, ma nel vedere i segni della cicatrice rimasta sul collo della signora Kuma, rossa, simile a una voglia, ebbi la sensazione di non dover piangere, e mi trattenni con tutte le mie forze. E vedendo Shōichi, che all'estremità del divano piangeva premendosi il viso, ancora di più frenai il mio pianto. I suoi occhi, traboccanti di belle lacrime, erano esattamente gli stessi di quando era bambino. Erano lacrime essenziali, come le gocce di rugiada sulle foglie di loto al mattino.

"Quindi mi perdoni, sono io che non sono riuscita a fare niente per lei," disse la signora Kuma.

"Per me è già molto che lei abbia voluto incontrarci, e che sia sopravvissuta," dissi.

Lei annuì dolcemente.

"Da allora io ho smesso di avere quell'interesse superficiale per le pratiche occulte. Poiché nella maggior parte dei casi queste cose sono un superficiale sostituto del sesso, a entrarci troppo dentro, si finisce inevitabilmente col puntare a qualcosa di profondo, incomprensibile agli uomini, e la propria visione diventa sempre più astratta e più terribile.

"Io a un certo punto ne sono uscita, ho deciso di aiutare le persone nel mondo reale, e a modo mio trascorro le giornate con tutto il mio impegno. Perché quando mi sono salvata ho considerato la vita un dono ricevuto dalla natura o da dio, una di queste grandi entità. Mi rimane il rimpianto di non aver potuto aiutare suo padre. Tutti mi dicevano che non dovevo ficcare il naso nei problemi di famiglia. Io invece ci ho ficcato la gola, e mi è stata tagliata."

Così dicendo la signora Kuma ridacchiò. Una battuta di dubbio gusto, pensai, ma sorrisi a mia volta.

"A quanto pare ho avuto fortuna," riprese. "La ferita – questa che vedete – non era profonda, e siccome sono intervenuti subito, la guarigione è stata rapida, ma a causa dei cheloidi la cicatrice è rimasta molto evidente. La ferita più grave è stata quella psicologica. E nel difficile cammino che ho intrapreso per guarirmi da sola, ho imparato diverse cose. Vedete, io non potevo più salire su un treno, non potevo entrare in una stanza buia, nei giorni di pioggia venivo presa dal terrore, chiusa nella mia stanza dormivo sonni pieni di incubi spaventosi che si ripetevano, accompagnati dagli spasimi più atroci, e anche il dolore della ferita non se ne andava. Ho passato così dieci anni, dieci anni durante i quali non ho potuto condurre una vita normale. E sono stati talmente lunghi che mi sono sembrati molti di più.

"Ma quando ne sono uscita, il mondo esisteva ancora. Non c'era stato nessun grande sconvolgimento. Io ero a posto. La più sfortunata è stata sua mamma... lei aveva detto di voler creare anche in Giappone una scuola di streghe. E penso che se avesse continuato ad accumulare ricchezze, non sarebbe stato impossibile. Ma in quel periodo era stata presa da una furia, proprio come se fosse posseduta da qualcosa. Voleva fare tutto in fretta, sua madre. Finché perse la base," disse la signora Kuma.

"La base? Cioè?" chiesi io.

"Ciò che lei e il signor Takahashi avete, e che ho avuto anch'io," disse la signora Kuma. "La forza di pensare che questo mondo sia degno di essere vissuto. L'essere stati abbracciati, coccolati. Il fatto di possedere tanti buoni ricordi di giornate belle. Essere stati nutriti bene, accolti con gioia quando si dicevano le prime parole venute in mente, sentirsi figli di qualcuno, aver dormito raggomitolati in un futon caldo, aver vissuto in questo mondo con la convinzione di essere accettati. Io penso che se si possiedono anche un po' di queste cose, a ogni nuovo evento si risvegliano, e su di esse si vanno a sovrapporre altre cose buone, come strati di scrittura o di vernice. Perciò anche se vi sono delle difficoltà, le persone possono vivere. Poiché queste sono la base su cui si può far crescere e sviluppare qualcosa.

"Naturalmente non è che sua madre non abbia mai conosciuto esperienze simili, ma non le ha coltivate, le ha abbandonate e a un certo punto sono andate perdute, oppure ne ha inseguito troppe altre e ha finito col buttare via queste."

Io annuii. Quindi dissi:

"Non è che voglia dare la colpa a qualcos'altro, ma crede nella possessione?".

"Non ci credo," disse la signora Kuma. "Penso che sia una parola usata da coloro che non sanno spiegare una certa condizione in un altro modo. Anche gli spiriti, secondo me, sono la stessa cosa. Penso che siano parole che esistono per comodità, perché rendono più facile spiegare certi fenomeni. Io non credo che chi ha fatto quello che è successo sia stato il diavolo o qualcosa del genere. A quel tempo i giornali e le televisioni dicevano così, ma io credo semplicemente che sia stato opera di persone. Io ero in quel luogo, in preda alla suggestione, e sicuramente ho visto ombre spaventose, sentito voci di persone che non erano presenti, mentre i vasi cadevano senza che nessuno li toccasse. E nonostante ciò, è quello che penso."

"Il fatto che lei sia una persona così è di grande aiuto anche a me," dissi. "Non so esprimerle quanto mi abbia aiutato."

"Non si preoccupi, tutto il suo corpo trasmette sincerità. Anche questo si potrebbe spiegare facilmente usando parole come aura o cose del genere, ma non è necessario: sono cose che se si osserva bene una persona si possono percepire fisicamente. È un po' il metodo di Sherlock Holmes. Se si osservano con attenzione i movimenti di una persona, l'ordine dei suoi discorsi, il suo sguardo, è sorprendente quante cose si possono capire. Ma è importante guardare senza dare un giudizio. E in genere quasi tutti guardano solo partendo dal proprio pensiero," disse la signora Kuma. "Le persone possono qualsiasi cosa. Non lo dimentichi. Anche il fatto che lei sia qui adesso è una cosa incredibile, impensabile. Però le persone possono fare tutto. Prendendo in prestito la forza di altri con cui sono in contatto, lo rendono possibile. Cambiano le spiegazioni, ma l'essenza è una sola. Il nome della forza che qualcuno diverso da lei le ha trasmesso un tempo è amore, nel senso più profondo del termine. Lei può persino modificare le cose che sua mamma alla fine le aveva dato in una forma un po' contorta, correggendole."

"Quanto dice corrisponde esattamente alle ultime volontà di mia madre," disse Shōichi.

La signora Kuma annuì sorridendo.

"Penso che sia perché tutte le cose che lei possiede, Yumiko, e con cui è nata, brillano di grazia, intelligenza e bellezza, e hanno illuminato il cuore di tutti. Tutti... perfino Dio e gli angeli, ammesso che esistano, persino gli spiriti degli alberi nel giardino, hanno pensato che è un vero peccato che lei sia nata in quella casa. E si rammaricano di non averle potuto tendere la mano per aiutarla."

"È davvero incomprensibile che mia madre non ti abbia preso con noi," disse Shōichi.

La signora Kuma lo guardò, chissà perché, con un'espressione di infinita tristezza e disse:

"Su questo argomento, per il momento, non chiedetemi niente. Io so la ragione, ma adesso preferisco non dirla. Quando sarà il momento, ne parlerò. Come terapeuta mi dispiace, ma preferisco per ora lasciare questo da parte".

Per un attimo ebbi la sensazione che la signora Kuma stesse per scoppiare in lacrime, e così cambiai discorso.

"Ma mia madre chi chiamava, e che cosa chiedeva?" domandai. "Quello che so è che evocava i familiari delle persone presenti alla seduta, li invitava a porre diverse domande, e poi comunicava le loro risposte. Lei ha assistito anche a queste cose?"

"Sì, erano i momenti in cui si comportava come una sciamana, ma credo che chiedesse anche consigli su come far andare bene gli affari a Dio o a non so cosa che lei riteneva un grande essere. Poi c'erano persone che le chiedevano consigli sull'amministrazione. Se volete sapere perché ero lì, la ragione è che a causa della mia sensibilità eccessivamente sviluppata ero spiritualmente un po' instabile, e quindi ero incuriosita dalla scuola di streghe. Avevo sentito dire che in Giappone c'era qualcuno che voleva fondare una scuola di magia bianca, mi feci presentare e andai da sua madre a farle una visita. Quel giorno era la prima volta per me. Che sfortuna, eh. Adesso però penso che anche questo fosse necessario per la mia vita.

"Dal primo momento che entrai in quella stanza, sentii qualcosa di cupo e sinistro e capii che non era quanto mi aspettavo, ma allora non avevo fiducia nel mio intuito come adesso e rimasi lì. Sua madre verso la fine non parlava più con un linguaggio umano, restò a lungo con gli occhi spalancati senza battere ciglio, poi ebbe un terribile litigio con suo padre riguardo agli affari... All'inizio parlavano di aprire un nuovo negozio per la vendita di caffè da qualche parte, non ricordo bene se in Brasile o in Argentina."

"Ma che senso avrebbe avuto aprire un negozio di caffè in Brasile? Che idiozia!" dissi.

"È un tipo di errore in cui si cade spesso," disse Shōichi. "Perdere il contatto con la realtà. Anche a mia madre, a forza di pensare troppo, succedeva. Poi, quando chiedeva le opinioni reali delle persone intorno a lei, si rendeva conto dell'errore e scoppiava in una gran risata. Episodi così accadevano spesso."

"Diceva, mi pare, che in Brasile aveva intenzione di trovare un marito brasiliano di origine giapponese per la figlia," disse la signora Kuma.

"Sì, questa storia che voleva farmi sposare con un uomo che avrebbe preso il nostro cognome risale proprio a quel periodo. Secondo lei già si capiva che non ero portata per fare l'imprenditrice. Diceva spesso scherzando che dovevano darmi una buona educazione in modo da potermi vendere a un prezzo alto. Era un discorso che mi feriva molto. Credo che mia madre parlasse sul serio," dissi. "Evidentemente le persone, quando danno più importanza a qualcosa che ai propri figli, diventano dei mostri."

"Probabilmente è un problema che ha radici nell'infanzia, e anche nel caso di sua madre deve essere stato così," disse la signora Kuma. "A me è stata tagliata la gola, e la sua vita è stata danneggiata. Triste, no?"

Non potevo che ridere, e risi davvero di cuore.

"E il fatto che due persone come noi si siano incontrate e riescano anche a riderci sopra, dimostra che siamo più forti. Non trova? Invece di odiarci a vicenda, siamo qui a prendere il tè, al sicuro e al caldo. Non c'è niente al mondo che abbia una forza superiore a questo," disse la signora Kuma sorridendo.

Poiché la pensavo esattamente come lei, annuii.

Shōichi insisté per pagare, dicendo che l'avevamo consultata come facevano gli altri clienti, ma la signora Kuma rifiutò con decisione.

"Anche io desideravo incontrarvi," disse salutandoci sulla porta con un sorriso.

"Grazie," dissi io, e in questo caso la parola aveva un significato profondo. Avrei voluto ripeterla molte volte, ma ebbi la sensazione che la cosa migliore fosse dirla una volta sola. Era come se una grande rete avesse frenato la mia caduta, salvandomi. Quanto tempo ci era voluto alla signora Kuma per tessere quella rete, quante notti aveva passato sfiorando la morte? Eppure l'aveva condivisa tutta con me. Questo pensiero mi fece provare una gratitudine immensa nei suoi confronti.

Io che pensavo di essere arrivata dov'ero con le mie sole forze, adesso avevo l'impressione, a cominciare dalle premure della zia nei miei confronti, di continuare ad accumulare riserve di affetto, di essere amata e trattata con cura, e questo stranamente mi fece paura. È come se adesso gli altri mi facessero ricordare le cose che ricevevo dai miei genitori quando ero piccola e loro erano ancora normali, pensai. Perché sono tutti così gentili con me?

Cominciai a pensare che se adesso ero così protetta era grazie alla forte volontà della zia, anche se lei era morta da tempo.

Io avevo vissuto facendo tutto da sola, ma in realtà avrei voluto essere aiutata anche negli anni della mia adolescenza. Avrei voluto essere accompagnata nei posti in cui andavo, avrei voluto qualcuno che mi aiutasse a pensare, che fosse costantemente al mio fianco. Tutte queste cose da un certo punto di vista erano un lusso, ma in fondo erano anche normali, e sicuramente erano quelle che avrei davvero desiderato. E le stavo ricevendo adesso.

Quando una famiglia va a pezzi, si perdono progressivamente le cose che si avevano prima. È questo il futuro che mi aspetta? si chiedono tutti quando capiscono che le cose che possedevano erano solo un'illusione, e si ritrovano più vulnerabili ed esposti alle intemperie.

Credo che non siano in molti ad aver subìto i disastri che ho passato io, ma per le persone di famiglie spezzate il trauma più grave è sempre scoprire che i sogni che nutrivano un tempo sull'amore erano tutte illusioni, pensai.

"Che splendida persona! Se a me avessero tagliato la gola, non credo che sarei diventato così..." disse Shōichi. "Al mondo c'è della gente incredibile. Piacerebbe anche a me diventare una persona straordinaria. Però non ho nessuna capacità speciale."

"Bravo, Shōichi. Dopo un incontro del genere, un commento così genuino mi tranquillizza," dissi camminando.

Arrivammo a un grande incrocio dove c'erano tantissime persone che aspettavano il verde per attraversare. Uomini e donne, bambini, giovani, anziani, tutti lì in una folla disordinata. Le auto scorrevano come un fiume. Nel pensare che da lì a pochi istanti ognuna di quelle persone si sarebbe diretta da qualche parte, sopraffatta dal loro numero, provai una specie di vertigine. Per il momento non ero sola, stavo per andare con Shōichi in qualche bar a bere qualcosa di caldo, e questo mi sosteneva. Sebbene incontrare la signora Kuma mi fosse stato di conforto, non riuscivo a togliermi di mente l'immagine di quella cicatrice rossa in rilievo, dalla forma di uno spicchio di luna.

Sentivo quel senso di pericolo persino sulla mia gola.

"Sai, se potessi rinascere, mi piacerebbe far parte della vostra famiglia," dissi. "Da giovane, lavorerei senza un momento di pausa, senza nemmeno dormire la notte, per aiutare i bambini che vivono in ambienti difficili, e raggiunta una certa età cercherei di lavorare meno per dedicarmi alla mia famiglia. Se la famiglia si sfascia quando si è bambini, avere presto qualcuno con cui poter parlare dei propri problemi può aggiustare tante cose. Ecco, mi sarebbe piaciuto creare uno studio dove i bambini di questo tipo potessero venire a giocare."

"Saresti ancora in tempo per farlo. Puoi cominciare a lavorare in giardino, e comunque mi sembra che ci siano diverse cose che ti piacerebbe fare. Non avevamo parlato anche di un lavoro come contabile nella mia ditta?" disse Shōichi con un'espressione dolce negli occhi. "E poi, credo che anche mia madre avesse un'idea simile. Ascoltava spesso i problemi dei giovani, e trovava loro dei lavori al negozio. Alcuni naturalmente sono scappati o spariti, ma altri lavorano ancora per noi, e alcuni di questi giovani che vivono lontano sono venuti al funerale. Da piccolo odiavo il fatto che lei si dedicasse ai figli degli altri e ne ero geloso, ma pensando al passato di mia madre capisco perché volesse aiutarli. Che dici, quel locale lì va bene?"

"Sì, andiamo, ho voglia di bere un caffè," dissi.

Era come se il mio corpo si fosse abituato a Shōichi: ormai le nostre azioni avevano acquistato un flusso naturale.

Nel locale c'era un giusto grado di temperatura e umidità. Quando ci sedemmo a un grande tavolo di legno, notai che davanti a noi c'era un vaso con dei bei fiori.

"Però che strano, non pensavo di avere dei sogni così banali, e allo stesso tempo così edificanti," dissi. "Mi sembra incredibile. Sono proprio io che parlo di dedicarmi ad aiutare gli altri?"

"Dopotutto, se ci pensi, tutti i lavori sono fatti per gli altri," rispose lui prontamente.

"Eccoti di nuovo con le tue frasi sagge," risi io.

"Be', c'è poco da fare, visto che io stesso sono il sogno di mio padre e mia madre. Non intendo dire che loro mi hanno insegnato a comportarmi così, ma che il solo fatto che io esista è il risultato del sogno di qualcuno. Una volta consapevoli di questo si diventa automaticamente saggi," disse Shōichi.

"Che bello," mormorai guardando le foglie verdi. "Anch'io avrei voluto essere il sogno di qualcuno."

Shōichi non disse nulla.

Dopo un po' arrivò il caffè, diffondendo un delizioso profumo. Ne bevvi un sorso dalla tazza calda, era buonissimo, e questo fu sufficiente a riempirmi di una felicità senza significato, dimenticandomi di cosa stavamo parlando. In quel momento, improvvisamente, Shōichi disse:

"Se devo essere sincero, io non avevo la minima idea del

perché la mamma, che non ti vedeva da tanti anni, prima di morire si fosse tanto preoccupata per te. Però adesso l'ho capito. Anch'io provo rimorso. Non riesco a farmi una ragione del perché allora non ti abbiamo preso a vivere con noi. Ma siamo ancora in tempo. Yumiko, sposiamoci!".

Fui così stupita che ammutolii. Poco dopo dissi:
"Questo è complesso materno. Complesso materno in piena regola".

Shōichi rise ma, forse imbarazzato dalle sue stesse parole, arrossì.

"Ci penserò, ma tu vai a dormire presto la sera e ti svegli presto la mattina. Non credo che funzionerebbe," dissi ridendo.

Perché no? Anche questa era una possibilità, ma la mia reazione non andava al di là di un altro 'perché no'?

Tuttavia mi sorpresi di come il mondo di colpo avesse assunto dei colori più vivi. Anche i camerieri che si muovevano affaccendati mi sembrarono tutti belli, e i colori dei fiori che avevo davanti mi apparvero tutt'a un tratto più intensi e brillanti. La luce che entrava da una grande finestra improvvisamente assunse una dimensione sacra. Essere necessaria a qualcuno... questo avvenimento che si esprime con un giro di parole così banale può influenzare le persone fino a questo punto?

...Signore, quando io ero bambina i miei genitori andavano d'accordo ed erano persone abbastanza normali. Io ero una figlia unica cresciuta con amore e coccolata. Poi arrivarono i soldi e potei vivere una vita ricca come non mi sarei mai sognata. Il fatto che i miei genitori siano andati fuori di testa e siano morti è stato doloroso, ma ho avuto i miei amori, ho fatto sesso, e ho avuto anche la fortuna di incontrare molti amici. E infine oggi per la prima volta ho anche ricevuto una proposta di matrimonio. Vuol dire che posso anche andare in paradiso?

Così pensavo dentro di me, mentre guardavo quella scena scintillante. Fino a quando avrò finito il caffè, pregai, lasciami continuare questo sogno di una vita felice.

"Shōichi, domani vorrei andare alla tomba della zia," dissi.

"Perché? Che bisogno c'è? Hai già pregato a casa, davanti alla sua fotografia. Io penso che il posto a cui mia madre era più legata sia quello," disse Shōichi.

"Ma ci vorrei andare, ho la sensazione che se non lo faccio non riuscirò a fare ordine tra le emozioni. La visita a quella casa da film dell'orrore in cui avevo vissuto è stata talmente cupa e triste…" dissi. "Pregando davanti alla tomba degli zii, respirando aria pulita, vorrei purificarmi da tutto ciò. Si trova a Nasu, vero? Poi andando lì si vedranno le montagne e penso che anche questo possa farmi bene."

"Se pensi così, d'accordo. E poi puoi dormire a casa nostra," disse Shōichi. "In questo caso possiamo tornare anche adesso in macchina."

"Non sei stanco?" chiesi.

"No, affatto. Oggi non abbiamo guidato molto," disse Shōichi. "Siccome vicino alla stazione c'è un negozio del Konamiya, potremmo comprare dei dolci, che ne dici? E magari dell'acqua minerale."

"Buona idea, mangiare troppo spesso i *ramen* all'area di servizio di Sano non è il massimo. Se li mangi ogni tanto però sembrano buonissimi."

"Allora usciamo a Utsunomiya e mangiamo dei *gyōza*?"

"Non so bene come arrivare dall'uscita al centro città, ma possiamo usare il navigatore. Dipende da che ora si fa."

"Sto cominciando di nuovo a divertirmi un po'."

"Ottimo, mi fa piacere."

"Grazie alla visita dalla signora Kuma, la mia tensione è scomparsa," dissi.

"La tua felicità renderà felici anche quelli che sono morti," disse Shōichi.

"Credo che siano in pochi a pensarla così. Le persone sono molto più torbide di come pensi tu. Riversano le loro frustrazioni, di cui non sono nemmeno consapevoli, contro le persone felici."

"Allora mi correggo," disse Shōichi. "La tua felicità è una vendetta nei confronti di tutte le cose che ti sono accadute."

"Molto meglio. Promosso," risi.

Il negozio del Konamiya davanti alla stazione era pieno di gente. A causa di quello spaventoso incidente, per un po' di tempo la sua popolarità aveva avuto un calo, ma lo stile della gestione cambiò, diventando più serio e, probabilmente grazie a questo, sebbene senza grande clamore, si stabilizzò, recuperò la fiducia dei clienti e ritornò ad avere successo. Era diventato un negozio elegante, dall'atmosfera tranquilla. Fui sorpresa di vedere che avevano cominciato a vendere anche frutta e verdura in piccola quantità, e avevano creato un bancone dove prendere un caffè e bere una zuppa. Le commesse attuali, che probabilmente nemmeno erano al corrente del sanguinoso episodio che aveva coinvolto i gestori di un tempo, si aggiravano rapide per il negozio con i loro graziosi grembiuli.

"Se le circostanze fossero state diverse, queste signorine avrebbero gridato: 'C'è la figlia dei proprietari', e si sarebbero prostrate ai miei piedi," dissi guardando gli scaffali della cioccolata.

"Penso che anche se le circostanze fossero state diverse, oggi nessuna di loro avrebbe fatto una cosa del genere," disse Shōichi. "Incredibile, però. Rispetto al nostro negozio, anche le dimensioni sono diverse. Questo, più che a un negozio di cibi di importazione, fa pensare a un supermercato di lusso. Da quanto vedo stanno sviluppando anche la vendita di prodotti con il loro marchio."

"Mio zio aveva talento per il commercio," dissi. "Magari

avessero affidato a lui la gestione sin dall'inizio. Invece, per aver avuto un colpo di fortuna con quella falsa divinazione, mia madre ha finito con l'esaltarsi troppo. Forse non voleva essere superata dallo zio che non aveva fatto scuola di magia e non aveva tribolato tanto. Lui era cresciuto nella casa del nonno che aveva divorziato, e non aveva praticamente avuto contatti con il mondo della magia della nonna. Solo le nostre due madri avevano vissuto con lei. Naturalmente è sicuro che le persone del nucleo originale del Konamiya erano quelle che avevano più esperienza di commercio, ma sono certa che dopo l'incidente lo zio avrà acquistato una buona posizione nella ditta. Certo, se fosse stato per mia madre, lei non gli avrebbe ceduto la ditta neanche morta."

"Però, la sua maledizione non deve aver funzionato, guarda come vanno bene gli affari," rise Shōichi.

Nel cestino avevamo messo alcuni dolci, olive e vino. Sembrava la spesa di una coppia come tante altre. Ormai avevo capito che è la somma di momenti come questi a formare il sangue e la carne che costituiscono la vita, e che sono i più importanti anche su un piano astratto. È in essi che si concentra la vera magia. La zia lo sapeva. Condividendo ciò che lei sapeva, la sentivo molto vicina. Come se facesse quasi parte di me.

"Mi chiedo se non sia una prova del fatto che di poteri occulti la mamma in realtà ne avesse pochi. Io penso che come strega fosse più potente la zia. Anche adesso, se le cose si stanno evolvendo in questo modo è grazie alla sua forza."

"Sì, lo credo anch'io. Se una persona possiede davvero il potere, non uccide la gente in quel modo," disse Shōichi.

In effetti, che noi due conoscessimo così da vicino qualcuno che aveva ucciso delle persone era una cosa che più ci pensavo più mi sembrava impossibile, inoltre era una realtà totalmente inadatta a quello spazio pulito e luminoso. Le persone che comprano cose come cibi e bevande sembrano sempre molto felici. Come se solo in quei momenti potessero vedere chiaramente la loro destinazione, e la loro vita.

"Sembra davvero impossibile che sia successo davvero. È come un fatto accaduto per errore in qualche dimensione contorta," dissi.

"Quando questa storia troverà una soluzione, e forse tu te ne sarai andata – mia madre già non c'è più – io come farò a vivere?" disse tutt'a un tratto Shōichi.

"Ma che dici? Possibile che tu sia così debole?" risi. "Anche se magari queste cose le pensano in tanti, è la prima volta che sento un uomo parlare così. Stai tranquillo, tu hai il negozio, e poi hai il tuo carattere sincero che la zia ha sempre protetto. Sei stato fatto in modo che finché avrai un corpo ce la farai sempre."

"Hmm, il fatto è che... so che in questo momento è fuori luogo, ma per la prima volta dopo tanto tempo mi sento felice e... questo mi ha messo paura," disse Shōichi.

"Capisco benissimo la sensazione." Misi il braccio intorno al suo. "Allora, godiamoci questo momento."

"Mi piace questo lato di te," disse Shōichi.

"Sono anni che vivo ricorrendo a questi trucchi," dissi ridendo. "I lati positivi è meglio tenerseli stretti."

Adesso facevo finta di non vedere diverse cose. I sottili cambiamenti dello stato d'animo di Shōichi, che diventava più caldo ogni volta che i nostri corpi si sfioravano. Lui probabilmente non se n'era ancora accorto, e del resto era meglio così.

Era come se lui fosse un po' ubriaco di tutte le azioni che stava compiendo, ma questo dipendeva dal fatto che in un certo senso si stava prendendo una vacanza dopo il periodo difficile che aveva vissuto. Questi giorni non appartenevano alla sua vita normale, erano staccati dalle responsabilità, dai contatti, dai vincoli, dalle cose che dovevano ancora avvenire.

Naturalmente anche per me questo periodo aveva lo stesso significato. Solo che io me ne accorgevo, e anche se capivo nettamente, come qualcosa di chiaro ed evidente, che non c'era alcun futuro, ciò non cambiava il fatto che fosse una vacanza. E provavo gratitudine, un affetto sereno e carico di nostalgia nei confronti della zia e di Shōichi, che mi avevano offerto questa vacanza ed erano stati con me. Perché la destinazione finale era il luogo dove io non avrei mai scelto di andare, e che invece era proprio quello che avrei dovuto scegliere. Solo che non lo sapevo.

Trovare la tranquillità interiore non significa né deprimersi né diventare allegri inutilmente. Cominciai a capire che era come un paesaggio di neve visto in un giorno freddo da una casa calda. A causa di una particolare condizione della luce, il mondo appare uniformemente bello e luminoso. Anche se non si vede la luce del sole, tutto riposa in una luminosità tranquilla.

Ah, come avrei voluto essere più spensierata.

Come mi sarebbe piaciuto vagabondare all'infinito.

Avrei voluto continuare a pensare per sempre che mi era permesso di divertirmi come volevo, dato che ero la persona più sfortunata e derelitta del mondo.

Ma questo non è possibile, vero? Ormai è stabilito che a un certo punto qualcuno venga a svegliare la principessa addormentata. È forse grazie a ciò che ci sono bellissimi giorni di festa in cui sembra che non ci sia niente di cui preoccuparsi.

Pensando a queste cose, rimasi tutto il tempo accanto a Shōichi nel Konamiya. Probabilmente era la vendetta che più desideravo nei confronti della vita. Forse era una vendetta da poco, ma mi riempiva il cuore. Tutte le cose che mi erano state rubate, adesso mi venivano restituite proprio lì dentro.

"Senti, abbiamo ancora un po' di tempo," disse Shōichi. "C'è qualche altro posto dove vorresti andare prima di tornare a Nasu?"

"Per la verità vorrei andare anche a visitare la tomba di mio padre," risposi.

"Certo, capisco," disse Shōichi, e fece un grande sorriso sullo sfondo della strada piena di negozi colpita dalla luce.

Sollevata, non feci altri commenti. Poi, indicando un negozio di fiori dissi solo:

"Prima di andare compriamo dei fiori. Quelli che vendono all'entrata del cimitero sono tristi. A mio padre piacevano i fiori dai colori vistosi. Vistosi come la mamma."

La tomba di mio padre si trovava all'estremità di un grande parco, in una zona un po' distante dal centro della città. C'erano una collina, un ruscello e, naturalmente, anche un grande tempio antico. Gli alberi, criptomerie e pini, crescevano folti in lunghi filari, c'erano alcune bancarelle, gente che passeggiava, casalinghe con i bambini, e tutti camminavano senza fretta nel sole del pomeriggio.

La luce, che inclinava leggermente verso ponente illuminando le pietre tombali, era trasparente e di una bellezza ultraterrena.

La mamma aveva insistito a non voler entrare nella tomba della famiglia di mio padre ed era stata sepolta in quella della sua famiglia, quindi nella bella tomba che si trovava in questo cimitero riposavano solo i membri della mia famiglia paterna. Ciò mi diede un certo sollievo. Girando per i viottoli di quel cimitero simili a un labirinto, passai davanti a diverse grandi tombe di tipo tradizionale, e finalmente arrivai a quella di mio padre.

Estirpammo le erbacce, versammo l'acqua sulla pietra, accendemmo l'incenso, disponemmo i fiori variopinti che piacevano a papà e, giunte le mani, pregammo.

Papà, credo che questa sarà l'ultima volta che vengo a trovarti. Mi sento soddisfatta. Che tu sia stato ucciso dalla mamma è una cosa orribile, ma penso che non te la sia presa tanto, vero? Posso smettere di sentire rimorso per il fatto di non averti saputo aiutare? È la vita che hai scelto, vero, papà?

Mentre gli facevo queste domande, di colpo mi venne in mente una cosa.

Ero stata davvero tutto quel tempo in Italia? Stavo preparando i bagagli perché volevo andarci. Non era possibile che quel desiderio fosse rimasto in me, dandomi l'illusione di essere partita davvero? E se il fatto che la mia vita dopo di allora era così confusa non fosse dovuto al trauma? E se invece sin dall'inizio io...

Perché io...

In quel momento, una scena terribilmente spaventosa, incredibile, mi si spalancò nella mente, e ricordai tutto.

Istintivamente serrai forte gli occhi, e quando li riaprii accanto a me c'era Shōichi che pregava a mani giunte davanti alla tomba.

"Shōichi," dissi.

Mi tremava la voce.

"È una cosa incredibile, ma questa non è la realtà. Ho sentito dire che cose come questa accadono."

"Di che cosa stai parlando?" disse Shōichi. Mi prese la mano e la strinse forte. "Se questa non è la realtà che cos'è allora?"

"Ma scusa, possibile che la tomba di mio padre fosse in un posto così bello? Mah, forse potrà anche essere, ma come si spiega che tante cose procedono con un ordine così regolare? Guardando i tanti alberi di *susuki* su quella collina, così belli nelle loro tinte argentate... ecco, anche quel loro tremare meraviglioso... a pensarci bene, è tutto così strano!"

Di colpo il paesaggio mi era apparso troppo nitido, come una scenografia teatrale. Ebbi la sensazione che ci fosse qualcosa di anormale: tutte le cose si erano sviluppate in un attimo e tutto era troppo bello e perfetto, da cartolina.

"Ora che stai meglio, cominci a delirare," disse Shōichi.

"Be', se così fosse, poco male," dissi sorridendo debolmente. "Però questo è un sogno. Ah, ho capito. Forse non è un sogno della zia, ma tuo."

"Se parli così, non posso fare più niente. Questa idea che hai tirato fuori non ha senso," disse Shōichi.

"Anch'io... anch'io non posso fare più niente. Che cosa potrei fare?" bisbigliai.

Quando questa paura e questi brividi si saranno calmati ci penserò, mi dissi.

"Va bene, te lo concedo. Ammettiamo che questo sia un sogno," disse Shōichi. "Ma io sono qui e sono vivo. E anche tu sei qui, viva, davanti a me. Siamo qui. Oltre a questo non c'è più niente."

Poi di nuovo mi strinse forte la mano.

Come se un forte vento stesse soffiando in alto, le cime degli alberi furono percorse da un grande tremito, e si sentì un suono, simile a quello di uno strano flauto. L'oro della luce si fece più denso, e il gioco di chiaroscuri del paesaggio diventò ancora più nitido. In lontananza si distingueva chiaro un sottile spicchio di luna. Nell'aria limpida si mescolavano il profumo dolce degli alberi secchi, delle foglie cadute, dell'incenso, e quello più denso dei fiori che avevamo disposto nel vaso.

Io apparivo riflessa nello sguardo di Shōichi. Sicuramente ero lì. Guardavo Shōichi con tristezza. Va bene così – così a me sembrava – fuori di questo adesso non c'è niente.

Qualunque fosse il modo in cui ero morta.

Come sono sfortunata, pensai. Così pensando abbracciai Shōichi un po' goffamente e lui mi strinse forte. Tutto intorno non c'era nessuno, quindi avrei potuto piangere liberamente, eppure non ci riuscivo. Sono proprio sfortunata, aveva ragione la zia a provare compassione per me, continuavo a pensare.

Lasciata la tomba, tornammo in macchina, percorremmo a tutta velocità la Tōhokudō, e in tre ore fummo di ritorno a Nasu. Shōichi guidò per tutta la strada. Io non avevo voglia di parlare di nulla, guardavo fuori dal finestrino. Le automobili, i campi e le montagne che a mano a mano apparivano. Lo scorrere del fiume, i vestiti colorati delle persone che si raccoglievano sulla sponda. Le luci e le insegne che a poco a poco cominciavano ad accendersi. La sensazione di tutto il paesaggio che volgeva verso la sera, l'azzurro del cielo che sovrapponeva uno strato di colore sull'altro facendosi sempre più denso. Era molto bello. Come se i miei occhi fossero diventati incapaci di registrare altro che le cose splendenti, il mondo sembrava in uno stato di grazia divina.

Quando arrivammo, la casa della zia senza la zia e con le luci ancora spente mi fece un po' di malinconia, ma anche vuota era comunque più accogliente della vecchia casa dei miei genitori. L'atmosfera era rimasta uguale, come se il fatto che la zia non c'era fosse dovuto semplicemente a una sua assenza momentanea.

"Bene, stasera preparo io una vera cena," disse Shōichi. "Minestra di pomodoro e paella con pollo. Come antipasto mangeremo le patatine fritte che abbiamo comprato prima da Konamiya. E berremo il sake che abbiamo preso lì."

Poiché sembrava abituato a muoversi cucina, lo lasciai fare da solo. Stappai senza chiedere il permesso una bottiglia di spumante, presi del ghiaccio e mi sedetti sul divano: ne versai un po' anche nel bicchiere di Shōichi e gli chiesi:

"Hai sempre cucinato?".

"Cucinare forse è dire un po' troppo. Per esempio, stasera preparo qualcosa con quello che c'è: petto di pollo surgelato, pomodori in scatola e cipolle di qualche giorno fa. Ci metto anche del vino. È tutto un po' come viene," disse Shōichi tirando fuori delle scatolette da uno scaffale sotto il lavandino. "Però quando ero al liceo mi preparavo da solo il cestino del pranzo. Una porzione abbondante, da lavoratore. Saltavo carne e cipolle e le mettevo sul riso."

"Che bravo!" dissi.

"Perché avevo già scelto il mio futuro," disse Shōichi.

Come mai sei un così bravo ragazzo? avrei voluto chiedergli ancora una volta. Era una domanda che avevo dentro da tanto tempo, ma temendo di sembrargli infantile, come se fossi rimasta la bambina di allora, non la feci.

"Ti aiuto?" chiesi invece.

"Non c'è bisogno: devo solo tagliare e cuocere. Anche i condimenti per la paella sono già pronti. E c'è pure il riso," disse Shōichi. "In una famiglia che ha un negozio di cibi di importazione queste cose non mancano mai. Credo però che tu lo sappia bene."

"Noi a casa avevamo una cantina," dissi. "Quando i miei mi dicevano di andare a prendere un vino e io tornavo con una bottiglia presa a caso, era sempre una delle più care, il che li faceva ridere molto. O hai occhio, o sei una spendacciona, o vuoi fare un dispetto ai tuoi genitori, diceva la mamma. Allora mio padre scendeva in cantina per rimettere a posto il vino e prenderne uno più adatto. Col senno di poi è stato un peccato, sarebbe stato meglio se avessimo bevuto tutti i vini migliori. Mah, tanto ero ancora una bambina, e in ogni caso non avrei potuto bere."

Mi ricordai di quel luogo scuro e freddo, lo scintillio delle bottiglie allineate. Le belle etichette che venivano da diverse regioni di diversi paesi. Un giorno vorrei visitarli tutti, pensavo, ma poi chissà perché l'unico in cui sono andata è stato l'Italia. A causa della mia memoria così labile, avevo la sensazione che tutto fosse accaduto, e allo stesso tempo la convinzione che non fosse successo niente.

Però ero certa di essermi commossa, da bambina, nel vedere le piantagioni di ulivi avvolte dalla luce nella tenuta della famiglia del mio primo amore. Certa anche di aver guardato col fiato sospeso le ombre delle nuvole attraversare i campi, e di essermi stupita che al mondo potessero esistere visioni così belle.

"Mi fa piacere che a casa vostra abbiate avuto anche momenti felici," disse Shōichi mentre rosolava aglio e cipolle. Un buon profumo si diffuse per la stanza, e la mia felicità aumentò.

"Sì, è vero," dissi. "Adesso mi tornano in mente solo tanti ricordi felici."

Di quando mia madre aveva cucito per me un piccolo grembiule che faceva coppia con il suo. Poi la mamma smise di stare in cucina e il grembiule rimase sempre appeso al muro. Io lo indossavo da sola e preparavo i biscotti o cuocevo un'omelette. Solo il mio grembiule si sciupò presto, mentre quello della mamma rimase intatto. Un giorno lei li buttò tutti e due in un colpo solo, e dei grembiuli non restò nulla.

Io piansi un poco per questo, ma nessuno se ne curò.

Shōichi, visto di spalle, con la sua schiena dritta, aveva il modo di stare in piedi morbido tipico di chi pratica arti marziali. Guardavo ammirata i movimenti della sua schiena. Era bello che non fosse curva.

L'uomo porta la femmina a casa sua, le offre qualcosa di buono da mangiare, fa in modo che si senta a suo agio e che non possa muoversi. Le fa capire che il proprio alloggio è più confortevole di quello di altri uomini. Per proteggere sempre la femmina, procura il cibo, si occupa di lei, e mantiene così nel suo dominio la forza oscura che solo la femmina possiede. Io che sono una femmina accetto senza obiezioni questo astuto processo.

In realtà, anche se dal punto di vista dell'istinto siamo esattamente come gli animali, in quanto esseri umani riusciamo a mantenere una postura dignitosa nascondendolo dietro modi distinti: questo è l'atteggiamento appropriato per stare al mondo.

Il mio compito era solo quello, bevendo il vino e mangiando le patatine, di far finta di non accorgermene e starmene un po' sulle mie. Ormai era chiaro, come una cosa lavorata a mano e dalla forma ben definita, che i calcoli tra noi erano fatti. Era evidente. Comunque fosse, quella era una sera preziosa. E per tutti e due era importante trascorrerla senza accennare a questo fatto.

Forse perché le spezie erano quelle vere o forse lui era un bravo cuoco, la cena di Shōichi era ottima. Passammo la serata bevendo il vino con calma, parlando dei piatti che mangiavamo e delle terme dove saremmo andati l'indomani, evitando il più possibile argomenti tristi.

"Shōichi, dormiamo insieme, mi sento un po' giù," buttai lì, con tono casuale.

"Va bene," disse lui senza fare una piega.

"Però adesso io mi sento terribilmente ferita, e ho subìto uno choc, quindi mi prometti di non fare niente? Spero di non chiederti troppo. Ma ho paura, non ce la faccio a dormire da sola. Se lo facessi, sento che scomparirei nel nulla," dissi.

"Non farò niente. Del resto, da quando è morta mia madre, mi è caduta addosso una grande stanchezza, sono senza energie e anche il desiderio sessuale è scomparso," disse Shōichi ridendo. "E poi, anche se mi venisse voglia, sarebbe troppo presto. Se non stessimo insieme un po' più a lungo, non ci riuscirei. Mi vergognerei."

"Bene," dissi, ma senza gioia. Perché ormai stare insieme più a lungo era diventato impossibile.

Mangiai la cena di Shōichi come se assaporassi la felicità. Che bello mangiare le cose cucinate da una persona a cui vuoi bene, pensai. Il sapore è completamente diverso dai piatti che cameriere o cuochi hanno preparato per lavoro. È un sapore che dice: Su, mangiamo insieme, nutriamo i nostri corpi degli stessi elementi, andiamo avanti. Anche se cucinati come capita, sono cibi che hanno un'essenza speciale. Io sono cresciuta senza mangiare niente che avesse questo sapore.

Shōichi tirò fuori il futon che era sotto il suo letto e dormimmo insieme nella sua stanza. Abituata all'aria pura di quel luogo, a mio agio come se fossi a casa mia, feci il bagno. Anche il paesaggio dalla finestra mi appariva ormai familiare e le stelle brillavano lontane come al solito. Palpitavano scintillanti come in una fiaba.

Restai così, tranquilla, senza pensare a niente.

Uscita dal bagno, me ne stavo stesa pigramente nel futon a leggere un libro quando Shōichi, che aveva appena fatto la doccia, mi raggiunse nella stanza, scavalcò il mio futon e si infilò nel letto.

Mi alzai e spensi la luce.

"Mi sembra di essere assistito da un'infermiera," disse Shōichi dal suo letto nella stanza semibuia, dove c'era una sola lampadina accesa.

"È il dislivello che dà questa sensazione," dissi.

La stanza di Shōichi, che aveva il riscaldamento sotto il pavimento, era tiepida. C'era una temperatura dolce, come se tutta la stanza fosse avvolta dalle coperte.

"Ma non è possibile che tu sia sempre così gentile, vero?" dissi. "Scommetto che in realtà sei un uomo normale, maldestro. Dato che questo è un sogno, puoi essere come vorresti."

"Di nuovo con questa storia del sogno?" disse Shōichi infastidito. Forse intuiva istintivamente che potesse essere qualcosa di triste. "Ho l'impressione che stare con te, Yumi, mi renda più gentile. Non so perché ma non mi viene da essere imbarazzato, prepotente, pieno di me. Credo che sia perché io e te condividiamo, nel senso più vero, mia madre. Credo che a capire davvero mia madre ci siano state solo la tua e te."

"Te lo dico di nuovo, per l'ultima volta: soffri di complesso materno!" dissi ridendo.

Con la luce ancora accesa nella stanza, continuammo a chiacchierare così di stupidaggini, alzandoci ogni tanto per bere un po' di tè.

"Shōichi, perdonami. Ormai ne sono sicura, io non sono viva. Sono morta," dissi.

Le parole mi scivolarono dalle labbra. Pensavo che si sarebbero inceppate, e invece risuonarono fluide in tutta la loro tristezza. Mi stupii del fatto che l'eco della mia voce mi sembrò persino bello.

"Ma che stai dicendo? È peggio di quella storia del sogno," disse Shōichi.

"Lo so, è incredibile. Eppure è così. Perdonami," dissi. "Io sono un fantasma, e tutto questo è il sogno che stai facendo tu."

"È assolutamente impossibile. Abbiamo guidato la macchina, mangiato, dormito in albergo, incontrato gente," disse Shōichi.

Io proseguii:

"La realtà, se è per questo, è uguale ai sogni. Anche la signora Kojima non l'abbiamo incontrata nella realtà. È sicuro. Infatti mi era sembrato strano. Il giardino della clinica e quello di casa mia si sono mischiati. Mi sembrava strano che i tralci delle rose si intrecciassero nello stesso posto e nello stesso modo, e che vi crescessero le stesse clematidi".

"Ma se sono piante che si trovano dappertutto!" rise Shōichi. "E la signora Kuma?"

"Quella donna ha una forza straordinaria. Probabilmente mentre eravamo lì, lei sapeva di essere entrata nel mondo dei sogni. È una persona capace di andare e venire facilmente. Quindi, anche se appartiene al mondo della realtà, probabilmente ricorderà di avermi incontrato. Quando ti sveglierai, vai a trovarla. Sono certa che lei vive in un appartamento come quello, e che ricorda la conversazione avuta con noi.

Questa sarà forse l'unica prova di questi bellissimi giorni passati insieme," dissi.

Finalmente capii. Quello che diceva la signora Kuma. Il fatto che lei era lì a stento. Capii perché aveva detto che non poteva dire per quale ragione la zia non mi aveva preso con sé. Adesso era chiaro: se una persona è morta non puoi prenderla a vivere con te. Poiché stavo vivendo dei giorni felici con Shōichi, per il momento me l'aveva tenuto nascosto.

Anche la zia. Non aveva forse detto che attraverso Shōichi in qualche modo avrebbe potuto incontrarmi? Non aveva detto che avrebbe potuto riportarmi all'inizio, interrompendo il mio vagare? Ah, ora capivo. Era questo ciò che nessuno aveva potuto dirmi chiaramente, e che avevo dimenticato. Anche in questo le persone erano state gentili con me.

"Non è vero. È impossibile. Questa dove siamo adesso, puoi pensare quello che vuoi, ma è la mia stanza, la mia stanza reale," disse Shōichi.

"Mah, come vuoi. Però, davvero, perdonami," dissi.

"Ammesso e non concesso che ci siamo incontrati in un sogno, di cosa dovresti farti perdonare? Tu non hai fatto niente di male," disse lui sorridendo.

"Vorrei chiederti scusa del fatto che non potremo continuare a stare bene come adesso, che non potremo stare più insieme, proprio ora che ci eravamo conosciuti davvero," dissi.

I miei occhi si bagnarono appena di lacrime.

"Aspetta, lo choc è troppo forte, e soprattutto devi darmi un po' di tempo per pensare al significato di quello che stai dicendo. Perché questi giorni passati con te sono stati gli unici momenti di felicità dopo la morte di mia madre: divertenti e dolci come un sogno," disse Shōichi.

"Appunto. È tutto un sogno. Io..." dissi. Il seguito non venne fuori facilmente, dovetti ingoiare la saliva per dirlo. "Sono stata accoltellata, uccisa dalla mamma. Nella mia stanza. Le macchie che abbiamo visto sulla parete erano il mio sangue."

Mentre facevo i bagagli, mi erano giunti all'orecchio dei rumori spaventosi.

Pensando che fosse scoppiato un litigio, ebbi paura e, temendo di essere coinvolta, feci finta di niente e continuai a preparare i bagagli. Fino a qui era come ricordavo. Era vero anche che la mattina dopo avrei dovuto prendere l'aereo per andare a incontrare il ragazzo di cui ero innamorata. In quel momento pensai: le cose si complicano. Alzai il volume della musica e aspettai che i rumori si calmassero. Anche quando sentii la voce di mio padre che urlava, non capivo se di rabbia o di dolore, anche quando sentii il rumore di qualcuno che usciva di casa, continuai a fare finta di niente. In realtà dentro di me avevo intuito che quanto stava accadendo non era normale, ma mi rifiutavo assolutamente di pensarci.

Poi sentii dei passi che salivano le scale, pensai che finalmente qualcuno si fosse ricordato di me, ma in quel momento la porta, che avrebbe dovuto essere chiusa a chiave, si aprì con un fragore tremendo, e vidi mia madre, non con la sua faccia, ma con una faccia spaventosa e gli occhi fissi di una bambola, che non vedevano nulla. Aveva in mano un coltello sporco di sangue, come in un film dell'orrore. Poi improvvisamente cominciò a colpirmi.

È impossibile, non ci credo, fu il mio ultimo pensiero. Dopodiché non ricordo nulla. Non so nemmeno dove sono morta. Forse in ospedale.

Il fatto che gli eventi successivi alla mia adolescenza, da me creati nel sogno di Shōichi, fossero così nebulosi, dipendeva da questo. Penso che sia stato il mio inconscio a crearli, mettendo insieme come meglio poteva tanti 'sarà andata così?'.

"Smettila, non dire più queste cose," disse Shōichi. "Spengo la luce. Devi essere stanchissima."

"Sì, lo sono," dissi.

Shōichi si alzò per spegnere la luce. L'orlo della giacca del pigiama si sollevò, lasciando scoperto l'ombelico.

"Prima di dormire, anche se non è elegante, faresti meglio a infilare la camicia del pigiama nei pantaloni," dissi.

A una persona impeccabile come lui, questo era più o meno l'unico consiglio che potevo dare.

Magari oltre a quello di non mostrare troppo il suo complesso materno.

"Ti posso abbracciare? Soltanto un poco," disse Shōichi.

"Sì, però ricordati la promessa. Non si deve fare sesso con un fantasma," dissi.

"Che linguaggio crudo, senza un minimo di fantasia. O invece di fantasia ce n'è troppa?" disse Shōichi inclinando la testa dubbioso. Quindi scese dal letto, venne da me e mi strinse forte.

In silenzio infilai l'orlo della giacca del suo pigiama nei pantaloni.

"Non dire cose tristi, ti prego," disse Shōichi. "Non vedi che tutto questo è reale? Non senti come sono caldi i nostri corpi?"

"Perdonami," dissi.

Poi lo baciai sulle labbra.

"Questo è permesso," dissi.

"Perché devi essere tu a decidere?" disse Shōichi, dandomi un bacio un po' più deciso.

Però non ci fu altro, i nostri respiri non divennero affannosi. Lui mi strinse forte di nuovo. Come per verificare la forma del mio corpo.

"Toccare un corpo di donna mi tranquillizza," disse Shōichi.

"Mi fa piacere," dissi.

Anch'io trovavo tranquillizzante la forza, la grandezza del suo corpo e il battito del suo cuore. Sicuramente le volte in cui ero stata abbracciata così forte e così dolcemente nella vita, da quando ero bambina, si contavano sulla punta delle dita. E forse quasi tutte quelle volte a farlo era stato lui.

"Be', almeno una cosa buona l'ho fatta," dissi.

"Tu sei una persona meravigliosa, Yumi," disse Shōichi, staccando il suo corpo dal mio così controvoglia che mi sembrò di sentire il rumore dello strappo.

Poi ognuno si infilò sotto le sue coperte, e ci mettemmo a dormire tenendoci la mano, con quella di Shōichi che pendeva dall'alto.

"Buonanotte. Domani allora mi porterai alla tomba della zia e poi alle terme," dissi, sapendo che era una promessa che non si sarebbe realizzata.

Ma Shōichi sembrò rassicurato che io fossi capace di vedere un domani, e contento disse:

"Bene, dopo la visita al cimitero andremo a Shikanoyu! Partiamo leggeri, portandoci solo gli asciugamani".

Dopo un po' la forza nella sua mano diminuì, e sentii il suo respiro acquistare il ritmo regolare del sonno. Oltre a essere un così bravo ragazzo, si addormentava persino con stile, ce n'era abbastanza per odiarlo.

Mentre pensavo così, anche la mia coscienza cominciò gradualmente a scivolare nel mondo del sonno. Dalla tenda si intravedevano le stelle. Anche la luna brillava sottile e nitida nel buio della stanza, come fosse stata dipinta con un aerografo.

Che ne sarà di me? Mentre pensavo così, la mia coscienza si dissolse.

Quando mi svegliai, mi accorsi con grande stupore che davanti a me c'era la zia.

Eravamo in una specie di nebbia senza sedie né tavolo né tazze di tè e nemmeno la terra, eppure eravamo sedute l'una accanto all'altra.

"Zia, io e Shōichi ci siamo dati un bacio, scusa!" dissi.

Pur pensando che ci sarebbero state altre cose da dirle, poiché mi vergognavo un po', preferii dirlo subito. Anche perché immaginavo che lo avesse già divinato.

La zia sorrise.

"Mio figlio è proprio uno sciocco, non è capace di portarsi a letto una donna."

"Zia, sei un po' diversa come personaggio rispetto alla zia che conosco," dissi.

"Perché nel sogno di Shōichi appaio sempre come lui mi ha idealizzato. Gli uomini fanno tenerezza, non pensi? Ma quella non sono io. E in ogni caso è una fantasia felice," disse la zia ridendo divertita.

"Zia, perdonami, non sono ancora venuta a visitare la tua tomba, anche se il tempo ci sarebbe stato," dissi.

"Figurati, non è meglio incontrarci così adesso?"

La zia dimostrava una trentina d'anni. Era bella, aveva una carnagione trasparente, e occhi neri intensi. Assomigliava alla mamma, e questo risvegliò il mio desiderio di incontrarla. Certo che a volerla incontrare dopo aver ricordato che mi aveva ucciso dovevo essere pazza. Evidentemente il mio amore non corrisposto per la mamma era destinato a durare in eterno.

"Poiché prima o poi bisogna morire, penso sia molto importante, quando si muore, il modo in cui si è vissuto. Io prima di morire ho avuto un'illuminazione: Probabilmente in questo momento dovrei poter mettere in pratica la tecnica per entrare nei sogni. Ricordavo di avere imparato che questo era l'unico momento per farlo. E che avrei potuto fare da guida al tuo spirito che vagava. Questo pensiero mi è balenato davanti agli occhi. Pur moribonda, ho cercato il taccuino in cui avevo annotato come si faceva, sono arrivata strisciando al cassetto e ho frugato lì dentro, chiedendo a Shōichi di rimettere lui a posto, dato che io non ne avevo la forza. Il fatto che il corpo umano sia limitato, a pensarci adesso sembra assurdo. Possibile che non riuscissi a fare un'azione così insignificante? Ma soprattutto, il fatto che adesso siamo riuscite a incontrarci, significa che ci sono riuscita. Ne sono veramente felice. Sono stata una strega che sino alla fine non ha perso la mano."

La zia annuì con un sorriso soddisfatto, e socchiuse gli occhi che brillavano.

"Quello che è ti successo non è dovuto al fatto che tu covassi del risentimento, o rifiutassi di essere morta. È stato perché sei morta in uno stato di stupore tale che il tuo spirito è fuggito ed è finito in uno strano luogo senza tempo. Io lo sapevo, infatti il pensiero che avrei dovuto prenderti con me prima che quello accadesse è stato il rimorso di tutta la mia vita. Poi ho capito che era giunto il momento in cui potevo aiutarti. Così, grazie a te, ho accettato la morte con gioia. Anzi, avendo un compito da eseguire, l'ho addirittura attesa con impazienza. Ti sono grata per questo," disse la zia.

"Come mai appari così rilassata?" chiesi.

"No, se penso a Shōichi vengo presa da una grande tristezza. Penso a quanto mi manca, quanto sarebbe stato bello vivere ancora insieme a lui, quanto avrei voluto tenere tra le braccia un nipotino. Mi vengono fuori tanti lamenti e tanto attaccamento. Ma anche la mia vita in un certo senso era finita con quella spaventosa seduta spiritica. Dopo, mi reputo fortunata ad aver potuto fare una cosa così meravigliosa, e ad aver vissuto con Shōichi. È stato davvero bello. Tu sei andata in quella strana clinica?" chiese la zia.

"Ci sono andata. Ma i ricordi sono così confusi che non posso dire con assoluta certezza di esserci stata," dissi.

"A sedurre quel direttore sono stata io per prima, e ci sono andata a letto quasi subito, mentre eravamo lì. Mah, era un uomo piuttosto semplice, ed è stato un gioco da ragazzi. Anche a convincere tua madre a mettersi con lui sono stata io, e poiché mi annoiavo, ero sempre io che facevo ogni giorno insieme a lei fantasie riguardo all'uccidere tutte le persone che lavoravano nella clinica, come se giocassimo alle bambole. Io ero una persona terribile. Anche se è vero che tutti nell'adolescenza sono attratti da queste cose crudeli e si prendono gioco dei sentimenti degli altri. Io ho superato un po' il limite. E tua madre, che ha subìto troppo la mia influenza, è andata fuori di testa," disse la zia.

"Dopo, nella mia vita, credo di avere compensato le brutte azioni commesse quando ero una ragazza malvagia. È stato un cammino terribilmente duro, non credere. Mi sembrava di essere un diavolo che imita l'angelo. Non si può saltare nessun passaggio, qualunque cosa si cerchi di fare sembra ipocrita, è molto irritante. Questa cosa esisteva dentro di me, non poteva non avere qualche influenza su Shōichi. Poco dopo essere entrato alle elementari, per un certo periodo smise di andare a scuola e si immerse in un gioco in cui creava meticolosamente paesi immaginari. Ogni giorno disegnava le mappe di quei paesi, tracciava persino la pianta dettagliata delle case in cui abitava, si immaginava la valuta in uso nei diversi posti. Lì nessuno moriva, le persone cattive non esistevano, le streghe buone esistevano normalmente, ma era severamente proibito diventare streghe cattive. E alcuni dei personaggi che volevano diventare streghe cattive se ne andavano via da quei paesi."

Fece un profondo sospiro.

"Io sentivo che Shōichi in una parte profonda di sé sapeva, e che ne era ferito. Non esiste nessuno che sia veramente a posto. E nemmeno ci sono persone completamente sane. Si comportano solo come se lo fossero. È un grande sforzo, come quando si sta male fisicamente anche la più piccola cosa sembra terribile. Ma forse la forza fisica e quella mentale necessarie per comportarsi bene hanno contribuito alla sopravvivenza della specie."

Ebbi la sensazione che la sua immagine di adesso che aveva concluso la sua vita, fosse più attraente della bellezza inquieta e malvagia di quando era ragazza. È come una rosa, pensai. Intorno a una rosa sembra sempre che una luce vivida formi un vortice, e io ero incantata dalla zia proprio allo stesso modo.

Come si fa a non avere il complesso materno con una mamma così? pensai.

Ero affascinata dall'essenzialità tipica delle persone che, una volta presa una decisione, la mettono in pratica tranquillamente anche se è seccante o può sembrare stupida.

Questa donna ha vissuto la sua vita fino all'ultima goccia, pensai.

Credo che non ci siano persone che possono arrivare a sessant'anni conservando la bellezza malvagia e la crudeltà tagliente degli anni giovanili. Mi sembrava che lo spirito della zia, che aveva abbandonato il passato, si fosse levigato, ma anche addolcito ed espanso. I suoi sforzi si erano affidati soprattutto all'intuito, ma non aveva sbagliato in niente.

"Sai, all'inizio sembrava difficile e insopportabile, come accumulare una pietra sull'altra senza sosta, o dare mani di vernice su un muro, ma gradualmente ha preso a piacermi. Man mano che passavano gli anni.

"Nel tempo in cui un piccolo gelsomino piantato in un giardino è diventato un grande albero dai fiori bianchi e ogni anno con l'arrivo del caldo emana dappertutto il suo profumo, anche la mia vita da persona buona, inizialmente nutrita di bugie, è cresciuta al punto che non potevo tornare più indietro. Perciò credo di essermi comportata male solo nei tuoi confronti. Il fatto di non averti potuto salvare è stato davvero l'unico karma negativo della mia vita.

"Ho telefonato diverse volte. Se tu avessi risposto ti avrei chiesto se conservavi ancora quel foglietto. Ma rispondevano sempre tua madre o la cameriera, e così io riagganciavo. Se avessi parlato, mia sorella avrebbe intuito subito le mie intenzioni e sarebbe stata la fine. Col senno di poi, penso che avrei dovuto tentare qualsiasi cosa, e questa mia giustificazione è quasi offensiva. Ma ormai potevo solo rendermi conto della mia mancanza e pentirmene profondamente.

"In quel periodo a casa tua venivano fatte diverse magie, e semplicemente io non avevo il potere per superarle. Chi come me conosce la magia, ne subisce maggiormente gli effetti. Il meccanismo è questo. Inoltre il fatto che tuo padre fosse una persona buona ha peggiorato le cose, impedendo che all'esterno trapelasse la gravità della faccenda.

"Perciò, quando ho saputo che tu eri morta, qualcosa dentro di me si è spezzato con grande fragore. Era il rumore del rimorso. Il rumore del rimprovero nei confronti di me stessa per aver sbagliato a valutare e per non avere fatto ciò che avrei potuto. Quel rumore mi è sempre rimasto nelle orecchie e mentre Shōichi cresceva, anche il rumore aumentava. Mi dicevo sempre: Devi ancora faticare molto, non puoi fermarti a piangere. La tua morte è stata di sostegno alla mia vita. La tua esistenza mi ha aiutato a portare a termine la vita come desideravo.

"Tuttavia ti ringrazio per avermi aiutata a risolvere in maniera così splendida il mio pentimento. Come tuo padre mi dava l'impressione di essere una brava persona, così il tuo spirito era sincero, grazioso e davvero splendido, e quindi io non dubitavo seriamente che mia sorella si fosse deteriorata fino a quel punto. Pensavo che se aveva cresciuto una bambina così sincera e carina, lei non doveva essere del tutto perduta.

"Se esiste la reincarnazione, la prossima volta, Yumi, rinascerai in una famiglia normale e felice, come un bambino normale e felice. Ripeto, ammesso che esista. Poiché non sono una grande strega, non ho più l'energia che avevo prima di morire, quindi tra poco dovrò uscire dal sogno di Shōichi diretta in un altro luogo che non ho idea dove sia, quindi non ti posso garantire nulla."

"Io sono solo stata sfortunata. L'amore con cui hai rischiato la vita per me è stato più importante di tutto il resto," dissi. "Questi giorni sono stati davvero belli. Il tepore del bagno, la bontà del cibo, l'allegria del viaggio, la bellezza della musica, le condizioni del cielo e del vento, la gentilezza di Shōichi, sono cose che non dimenticherò mai. Resteranno i ricordi più belli della mia vita. Grazie. Se davvero esiste la possibilità di rinascere, sarebbe bello. Potrebbero succedere di nuovo cose come queste."

"Penso che esista. Dobbiamo credere che esista!"

La zia sorrise. Come se dicesse: domani ci sarà il picnic!

Domani ci sarà il picnic. Non restiamo alzati fino a tardi, andiamo a dormire pieni di aspettativa. Le previsioni dicono che il tempo sarà bello, i futon sono stati esposti al sole e stanotte sono belli gonfi e tutti siamo in gran forma. I sandwich, gli *onigiri*, le frittate, i würstel, la frutta, la torta, sono già pronti, bisogna solo metterli nel cestino. Seduti all'ombra degli alberi, guardando un bel paesaggio, berremo birra e vino, porteremo il necessario per far bollire l'acqua presa alla fontana, e con del buon caffè macinato prima di partire prepareremo un caffè delizioso.

Questo diceva il suo sorriso.

"Più del picnic in sé, sono le immagini che animano le persone. Le immagini sono tutto. Per conoscere le cose al di là delle immagini, non c'è niente come partecipare di persona al momento. È questo che ho sperimentato nei giorni scorsi nel sogno di Shōichi," dissi.

"Cos'è all'improvviso questa storia del picnic, Yumi?" rise la zia. Come un girasole.

"Significa che anche la mia vita immaginaria, anche questo viaggio non sono diversi dalle cose successe realmente! Non è andata così male, forse. Anche se in fondo sembrerebbe una vita infelice, il fatto che sono qui, tranquilla e serena, è la prova che non è così male."

Lo dissi tutto d'un fiato, come se fossi stata posseduta dal mio stesso pensiero.

La zia sorrise felice e annuì decisa.

"È così, Yumi, hai ragione. Hai capito bene. Ormai sei al sicuro," disse. "Non so gli altri, ma la tua vita davvero non è andata così male. Anche se non credo che sembrerebbe così, credo che l'espressione 'tirare fuori il meglio anche nelle circostanza peggiori' si applichi a te. Perché sino all'ultimo tu sei rimasta la stessa purissima meravigliosa persona. Le immagini che tu possiedi, l'amore e l'intimità che hai ricevuto, l'innamoramento di Shōichi e dell'altro tuo ragazzo, sono tutte cose vere. Sono reali allo stesso modo in cui le persone reali pensano di agire nella realtà, anche se in verità vivono nell'illusione. Credi almeno a questo."

"Sì, chissà perché mi si è chiarito prima, quando parlavo del picnic. Ho capito," dissi annuendo.

"Bene."

La zia sorrise di nuovo come una ragazzina.

"Il fatto che questa conversazione, che avrebbe dovuto essere triste e opprimente, sia diventata qualcosa di piacevole e leggero dimostra quanto tu sia una persona splendida. Questo mi salva. Grazie. Io nell'avere a che fare con te ho provato una sensazione di grande felicità. Sai, anch'io, nel separarmi da Shōichi e da tutte le cose del mondo, ho provato una certa malinconia."

Poi mi strinse forte.

"Zia, il tuo abbraccio mi ricorda quello della mamma," dissi, e mi venne un po' da piangere.

"Non mi paragonare a quella cicciona," disse decisa la zia, quindi mi diede un bacio sulla guancia.

Poi, improvvisamente, sparì.

Ah, forse ormai non c'è più tempo. Il sogno di Shōichi

finirà e sta per arrivare il momento in cui svanirà l'incantesimo, pensai e mi imposi la calma. Addio, mio mondo. E a me, Yumiko. Oppure, chissà, dovunque io vada resterò Yumiko? Non lo sapevo ma davanti agli occhi mi si aprirono piano piano delle fessure simili a finestre, e in mezzo ad esse vidi Shōichi che dormiva. Nella sua stanza ormai si avvicinava l'alba. Le sue guance presto si sarebbero colorate del rosa dell'aurora. Accanto al suo letto non c'era più il mio futon e naturalmente non c'ero neanch'io che dormivo. Nel vedere questa scena dovetti rassegnarmi definitivamente.

Dopo essere stata con lui tanto tempo, mi dispiaceva lasciarlo, ma era il momento di andare, e d'ora in avanti, qualsiasi cosa accadesse, mi augurai che lui potesse vivere una vita buona, sana e felice, potesse amare una persona ed esserne riamato, sposarsi. Lo pensai senza più curarmi di me.

Con un sentimento completamente opposto all'invidia che avevo provato per lui in quel giardino, pensai dal profondo del cuore che non importava niente che io ci fossi o cosa sarebbe stato di me: l'importante era che lui potesse restare sempre come adesso, con quel viso addormentato.

Capii un poco lo stato d'animo con cui la zia aveva dovuto separarsi da Shōichi, e provai ammirazione per l'eleganza con cui aveva espresso quel sentimento tanto forte e doloroso. Poi pensai un poco: io in questa vita non ho avuto figli, ma avere figli forse è provare la sensazione di cedere, modestamente, il posto a loro. E pensando a mia madre, che nonostante avesse me, non aveva mai provato questo sentimento per nessuno, provai pena per lei. Perché la forza, la grandezza, la dolcezza, il calore e il profumo di questo sentimento è splendido come un morbido piumone steso per tanto tempo sotto la luce del sole in un giorno sereno. Mi bastava provare questo sentimento per sentirmi scaldare fino al midollo.

Senza neanche accorgermene, avevo tirato fuori la statuetta che tenevo in tasca. Ne sentii il peso sul palmo della mano.

Probabilmente lì dentro c'era ancora il biglietto che mi aveva scritto la zia. E quindi c'era anche la sua calligrafia. Devo darla a Shōichi, pensai. Mi resterà ancora il potere sufficiente per lasciare questo piccolo *kappa* nel mondo della realtà? Per quanto scadente, sono pur sempre nipote e figlia di streghe. In questo campo, essere la terza discendente non è poco, dovrei riuscire in un'impresa del genere, pensai, e mi venne da ridere. Se fossi vissuta, avrei dovuto saper convivere con il fatto di avere ereditato il sangue di strega. Se ci fosse ancora un seguito, sarebbe un compito da rimandare a più tardi, pensai, e mi sentii più tranquilla. Se invece non ci fosse, pazienza. Perché, come avevano detto la signora Kuma e la zia, io avevo fatto del mio meglio.

Anche il fatto che c'erano state quelle persone che me l'avevano insegnato, mi riscaldò un po'. E io che credevo che i fantasmi fossero freddi, pensai, e risi.

Poi presi il *kappa* e infilai la mano in una delle fessure. Lo pensai e riuscii a farlo. Non riuscii a toccare Shōichi, ma riuscii a far cadere dolcemente il *kappa* accanto al suo cuscino.

Grazie e scusa, perdonami se ti lascio da solo. Probabilmente quando avrebbe aperto gli occhi, Shōichi si sarebbe sentito esausto per avere vagato in questo sogno pesante, avrebbe avuto il corpo indolenzito, provato tristezza, malinconia, e guardando il *kappa* avrebbe pianto un po'. Scusami soprattutto perché, se dovrai sopportare tutte queste cose, sarà a causa mia.

Anche se non ti conosco bene, penso di amarti. Addio.

Prego che la tua vita sia felice.

Pregai così, mettendo insieme il desiderio di due streghe buone, la zia così esperta, e io, aspirante strega maldestra. Probabilmente amare qualcuno significa questo. Poter pensare all'altro escludendo se stessi. Nella mia vita non lo avevo mai saputo, ma grazie alla zia e a Shōichi ho potuto almeno sfiorare i contorni di quella sensazione così dolce.

Fino alla fine non si sa mai cosa succederà, pensai. Perché io parto portando nelle braccia aperte un sentimento che ha la bellezza e il profumo di un mazzo di fiori ricevuto in dono.

Mi sentivo come quando, all'inizio di un viaggio, preparandomi a partire, canticchiavo a bocca chiusa una melodia un po' malinconica, pensando: Sono stata bene qui, dove andrò adesso?

## *Post scriptum*

Questo romanzo – anche se penso sia difficile immaginarlo – è stato scritto sulla base del film *Trauma* di Dario Argento.

Lo dedico a Dario, che me ne ha dato gentilmente il permesso e che è stato di grande sostegno per la mia vita e il mio lavoro creativo.

Ringrazio Taira Eileen e il dottor Ihaleakala Hew Len di Ho'oponopono Asia che hanno accettato di fornirmi informazioni per la stesura di questa fantasia dolorosa.

Ad abbracciare dolcemente e a infondere speranza a questa storia disperata credo che siano stati loro.

Poi vorrei chiedere scusa a Candle June per aver preso in prestito il suo nome senza chiedere permesso, e per avere usato le candele come attrezzi da lavoro. Mentre scrivevo questo romanzo ho tenuto sempre accese le tue candele.

Inoltre, ho portato a termine questo libro grazie al supporto degli amici redattori di Bungei shinju. Sono onorata di lavorare con loro.

Grazie a Gōda Nobuyo per aver regalato la sua forza a questo romanzo, anche adesso che produce le sue opere molto di rado.

Grazie a Nagai, Oguchi e Ino del Banana Yoshimoto Office.

E soprattutto la mia gratitudine va a tutti coloro che leggeranno il mio libro.

Estate 2008 *Banana Yoshimoto*

# Glossario

*calpis* (giapp. *karupisu*): popolare bevanda a base di latte fermentato, dal sapore leggermente acido, simile a quello dello yogurt. Gli ingredienti principali sono: latte magro in polvere, zucchero, aromi, acido lattico. Di solito si prepara aggiungendo l'acqua a un concentrato e si beve freddo.

Carrot Tower: edificio di 26 piani, più cinque sotterranei, che ospita negozi, uffici, un teatro ecc. ed è direttamente collegato alla stazione della metropolitana di Sangenjaya. La sua costruzione fu completata nel 1996.

*gyōza*: fagottini di pasta sottile ripieni di carne o verdura tipici della cucina cinese, molto popolari in Giappone, dove sono serviti, oltre che nei ristoranti cinesi, in quelli specializzati in *ramen* (ved.).

*kappa*: creature fantastiche del folclore giapponese. Anfibi, vivono nei laghi e nei fiumi. A seconda delle rappresentazioni, prevale l'aspetto animalesco o quello antropomorfico. Di solito sono raffigurati con aspetto vagamente scimmiesco, una cavità in cima alla testa dove si raccoglie sempre dell'acqua, il viso che termina in un becco appuntito, un guscio attaccato alla schiena e la pelle di colore verdastro ricoperta di squame.

*onigiri*: riso bollito e pressato in bocconcini di forma sferica o triangolare, ripieni di prugne salate, pezzetti di salmone o altri ingredienti, a volte ricoperti da una sfoglia di alghe.

*ramen*: tagliatelle cinesi di farina di frumento cucinate in brodo.

*susuki* (*Miscanthus sinensis,* o *japonicus*): specie di graminacee molto comune in Giappone. Cresce a ciuffi che raggiungono più di un metro d'altezza e fiorisce da luglio a ottobre con spighe setose di venti, trenta centimetri, i cui colori variano a seconda delle stagioni, dal bruno al giallo al bianco. Nel linguaggio poetico è uno dei sette fiori d'autunno, proprio dei luoghi abbandonati e malinconici.

Urashima Tarō: personaggio leggendario già presente nelle prime opere della letteratura giapponese (VIII sec.), la cui storia è stata riproposta molte volte nel corso dei secoli in numerose versioni. Urashima Tarō, giovane pescatore, salva una tartaruga che si rivela essere una divinità marina e trascorre con lei un breve periodo felice nel fondo del mare. Poi, preso dalla nostalgia, torna sulla terra, nel suo villaggio, ma una volta lì tutto è cambiato e non riconosce più nessuno: dalla sua partenza sono passati trecento anni. Trasgredendo all'ordine della moglie, apre una scatola da lei ricevuta. Insieme a nuvole di fumo, gli anni trascorsi si abbattono di colpo su di lui e in un attimo si trasforma in un vecchio decrepito.